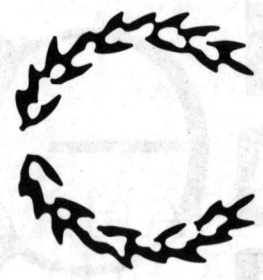

PREFÁCIO
**JEAN-CLAUDE CARRIÈRE**

# O FAMINTO
## OS DIZERES DE SHAMS DE TABRIZ

# NAHAL TAJADOD

TRADUÇÃO
RÉGIS MIKAIL

ERCOLANO

Título original: *L'Affamé*
© Société d'Édition Les Belles Lettres, Paris, 2020

Esta publicação segue as normas do Acordo Ortográfico da Língua Portuguesa, Decreto n. 6.583, de 29 de setembro de 2008.

TRADUÇÃO
Régis Mikail

EDIÇÃO
Mariana Delfini

PREPARAÇÃO
Bonie Santos

REVISÃO
Paula Carvalho

DESIGN
Tereza Bettinardi

ILUSTRAÇÕES
Ali Boozari

PRODUÇÃO GRÁFICA
Lilia Góes

DIREÇÃO GERAL E EDITORIAL
Régis Mikail
Roberto Borges

DIREÇÃO DE COMUNICAÇÃO E MARKETING
Roberto Borges

COORDENAÇÃO EDITORIAL
Mariana Delfini

COORDENAÇÃO DE DESIGN
Tereza Bettinardi

COORDENAÇÃO COMERCIAL E DE EVENTOS
Mari Abreu

ASSISTÊNCIA ADMINISTRATIVA
Láiany Oliveira

ASSISTÊNCIA EDITORIAL E DE COMUNICAÇÃO
Victória Pimentel

PROJETO GRÁFICO
Estúdio Margem

REDES SOCIAIS
VICA Comunicação

DESIGN COMUNICAÇÃO
Chris Costa

MÍDIA
VELO Digital
Contextual Links

ASSESSORIA DE IMPRENSA
Kulturális

CONSULTORIA FINANCEIRA
Daniela Senador

SITE
Agência Dígiti

Todos os direitos reservados à Ercolano Editora Ltda.
© 2025.
A reprodução não autorizada desta publicação, no todo ou em parte, e em quaisquer meios impressos ou digitais, constitui violação de direitos autorais (Lei nº 9.610/98).

AGRADECIMENTOS

Cristina Ibiapina, Nicolas Filicic, Mahrad Zamani, Parisa Ghasemi, Paulo Otero, Sérgio Alves, Zilmara Pimentel

*Minha palavra nutre os anjos*
*Mas eu, se fico sem palavra,*
*O anjo faminto diz: "Fala,*
*Por que tu ficas em silêncio?".*

Rumi

# SUMÁRIO

| | |
|---|---|
| 10 | PREFÁCIO, JEAN-CLAUDE CARRIÈRE |♣|
| 14 | PRÓLOGO |
|♣| |
| 17 | O FAMINTO |
| 22 | ANTES |
| 76 | A PAR |
| 146 | APÓS |
|♣| |
| 167 | MAPA |
| 168 | SOBRE AS ILUSTRAÇÕES, ALI BOOZARI |
| 172 | REFERÊNCIAS BIBLIOGRÁFICAS |

10

# PREFÁCIO

# JEAN-CLAUDE CARRIÈRE*

---

\*   Escritor, roteirista, diretor de cinema e ator francês. Colaborou frequentemente com Luis Buñuel e adaptou *O caminho de Swann*, de Marcel Proust, e *As ligações perigosas*, de Choderlos de Laclos, para o cinema, bem como, para o teatro, o épico *Mahabharata*, dirigido por Peter Brook. Teve duas indicações ao Oscar. Faleceu em 2021.

As palavras não podem dizer tudo. E sabem disso. Apesar de seus esforços, renovados de século em século, em uma língua ou outra, alguns territórios lhes permanecem proibidos. Ou quase. Elas só penetram ali com prudência, enquanto aventureiras, como se ali sentissem uma ameaça obscura.

Aqui está a história de uma dessas buscas perigosas. Tenho vontade de dizer: de uma dessas caças.

Shams de Tabriz é um personagem extraordinário, lúcido e tenebroso, que "buscava um mestre" para colocá-lo no mundo, para depois poder deixá-lo, renegá-lo e quiçá até esquecê-lo. Ele próprio sabia que não era esse mestre, príncipe da linguagem, esse poeta supremo. Acreditou tê-lo encontrado na pessoa de Ibn Arabi, decepcionou-se (Ibn Arabi não precisava dele) e finalmente encontrou Maulana, que nós chamamos de Rumi.

Desse encontro nasceu uma obra incomparável.

Nahal Tajadod decidiu se inspirar nesses escritos para narrar aqui, do ponto de vista de Shams, esse encontro único que, fora do tempo, fora de qualquer lógica e de qualquer sentimento ordinário, assistiu a um vagabundo irascível extrair de um pregador célebre, às custas de um segundo nascimento, um dos maiores poetas que conhecemos neste planeta. Há quem diga que o maior.

Alcançamos, obviamente, o nível mais elevado do mistério (como reconhecer aquele que se escondia dentro de si mesmo sem saber? Será que Deus também o havia notado?), bem como a emoção, a cólera, a indiferença hostil dos outros, a decepção de todos os dias. Pois de uma coisa Shams sabe com certeza: assim que tiver feito Rumi nascer, assim que o tiver libertado do "pesado fardo de sua glória", dos seus admiradores, dos seus discípulos (alguns vinham de tão longe quanto a Índia para escutá-lo), ele vai ser obrigado a deixá-lo. Todo mestre deve ser abandonado, ainda que — como é o caso de Shams — essa separação leve à solidão e à dor.

Estamos aqui no próprio coração do sufismo. Não somos isto ou aquilo; somos isto e aquilo. A verdade não é atribuída a um ou a outro. Gostemos ou não, ela é, e nenhuma violência ou tortura pode destruí-la. Qualquer definição do que seria a verdade é uma limitação, logo, um erro. Nada é capaz de coagir a mente. Nada é capaz de aplacar a fome dos anjos.

Shams de Tabriz pressentiu isso. Não adianta buscarmos uma mente mais lúcida, mais clarividente que a dele; não encontraremos. Ele enxerga com clareza, mesmo os seus limites. E o fato de essa clarividência vir acompanhada de um sofrimento, pois se perde o que se revelou, é algo que também sabemos. Também já sabemos, por mais que não gostemos de falar a respeito, que a beleza, quando gerada, quando pronunciada, é acusada de blasfêmia, de impostura e até de bruxaria, a ponto de ser expulsa e perseguida. Devemos igualmente assumir que essa beleza é perigosa, que o poeta é obrigado a "se separar desse mundo", pois está à mercê de uma exigência que pode levá-lo até mesmo à morte (como Suhrawardi e Al-Hallaj).

Shams de Tabriz, à sua maneira, revelou uma alma a si mesma. Um fenômeno dos mais raros. Nahal Tajadod, por sua vez, uma mulher, se lança nesse terreno pouco frequentado. Encontra nele um alimento que dá fome, que se devora e que, contudo, jamais sacia.

Li este livro três vezes. E preciso lê-lo de novo.

# PRÓLOGO

Muito tempo atrás, escrevi o romance *Roumi le brûlé* [Rumi: O queimado], sobre a vida de Rumi (1207-1273), o maior místico de todos os tempos — e isso nem é dizer tudo —, seu encontro com Shams de Tabriz (1185-1248), a separação deles, os sucessores de Shams e sua morte. Quando se encontraram, Rumi tinha quarenta e poucos anos e era um sábio respeitado, seguido por milhares de alunos de todas as origens; Shams de Tabriz, vinte anos mais velho, apresentava-se como um dervixe errante, anônimo, sem lenço nem documento. Eles se cruzaram, se isolaram, e, quando reapareceram, Rumi era outro homem. Abandonou o púlpito em nome da poesia e trocou a pregação na mesquita por sessões de *sama*, a dança mística que ligaria o céu à terra. Da união deles nasceu um novo homem e, de sua separação, toda a poesia mística persa e muçulmana. Essa expressão que, ao ver dos maiores especialistas em literatura, é o ápice do que pode e também do que não pode ser dito.

Desta vez, fundamentando-me nos dizeres do próprio Shams, eu quis com *O faminto* entregar a outra versão desse embate, que foi para a literatura persa o big bang; a origem não do universo, mas das palavras que ajudam a compreendê-lo.

A história se passa na Anatólia do século XIII, época turbulenta em meio a Saladino, Hasan ibn Sabbah e Gengis Khan, ou, em outras palavras, às Cruzadas, à Ordem dos Assassinos e ao Império Mongol, mas na qual também viveram Averróis, Maimônides, Ibn Arabi e, é claro, Attar, Rumi e Shams.

A Pérsia inteira é destruída pelos mongóis. Uma cidade na Anatólia, Konya, é salva da destruição. Rumi e sua família se refugiam ali.

Assim como Shams, chamo Rumi de *Maulana*, que significa "nosso mestre". Na verdade, ele se chamava Jalal Al-Din Muhammad Balkhi. Rumi é um apelido que significa "habitante de Rum", a Anatólia da atualidade.

Enquanto escrevia este livro, corri o risco de me aproximar de Shams, que é puro fogo, insólito, colérico, incômodo, rabugento, antissocial. Mas essa enxurrada de atributos "negativos" despejados sobre Rumi foi necessária para que o teólogo — cinco orações por dia, jejum de um mês, peregrinação a Meca, pregações às sextas-feiras — se tornasse dançarino, ligando a terra ao céu pelas rotações do *sama*, e por fim poeta, para que o cálamo se tornasse flauta.

*O faminto*, escrito na primeira pessoa do singular, expõe as ideias de Shams. As frases foram extraídas de seu livro *Maqalat-e Shams-e Tabrizi* [Os dizeres de Shams de Tabriz], cuja edição crítica foi estabelecida em persa por Muhammad Ali Movahed, a partir da qual Charles-Henri de Fouchécour fez uma tradução parcial para o francês, intitulada *La Quête du joyau* [A busca da joia]. As referências indicadas na margem do texto remetem a ambas as edições.*

Meu trabalho se baseia igualmente nas antologias poéticas de Rumi e, para as descrições geográficas, no livro de Ibn Battuta, célebre viajante de origem amazigue que percorreu 120 mil quilômetros em meados do século XIV. Ibn Battuta visitou as cidades que Shams percorreu, e os detalhes fornecidos por ele foram muito preciosos.

Quando, com o propósito de redigir um possível roteiro de cinema sobre a vida de Rumi, encontrei, em sua residência nas colinas de Teerã, o nonagenário perspicaz Muhammad Ali Movahed, ele me recomendou evoluir no "fogo", buscá-lo por toda parte, com a esperança de talvez, como no caso de Rumi e de outros místicos, se não queimar, ao menos amadurecer.

---

\* As edições francesas mencionadas, assim como outras referências utilizadas pela autora, estão indicadas ao final deste volume. (N. E.)

# O
# FAMINTO

# 17

# ANTES

## 22

NÃO TENHO O HÁBITO DE ESCREVER, JAMAIS ESCREVO. COMO NÃO ESCREVO, A PALAVRA FICA DENTRO DE MIM E, A TODO MOMENTO, ME MOSTRA UMA NOVA FACE. [225,1] AQUELE QUE QUISER ESCUTÁ-LA DEVE PENETRAR EM MIM. [322,1]

Mas foi antes, antes daquela quinta-feira no ano de 645.[1] Um dia de outono parecido com os outros, frio em todo lugar e eu sem minhas folhas, em equinócio, em migração.

Não parti por impulso. Eles haviam sido avisados, eu lhes tinha dito mais de uma vez que um dia eu me retiraria e ninguém saberia onde me encontrar. Que eu seria uma gota no grande oceano. Eles me procurariam, passariam na minha frente, bem perto de mim, e não me reconheceriam. Aliás, sempre resisti à notoriedade, ao elogio. Eu era um caçador e meu lugar era nas florestas, nas planícies, nas cristas, protegido dos olhares. O cão domesticado do bazar, que todo o bairro afaga, é incapaz de caçar. Eu não era parecido com ele.

Por toda parte, eu me disfarçava de comerciante. Trancava a porta da minha cela, como se transportasse alguma mercadoria preciosa. Lá dentro, nada de mais, só um alforje e uma peliça. Eu escondia, o máximo possível, a minha cidade natal, Tabriz, e meu nome, Mohammad, filho de Ali, filho de Malekdad.

O pássaro? Por que não? Como apelido, "Shams, o pássaro", me convinha. Eu gostava de sobrevoar as terras, nunca ficar no mesmo lugar, evitar os relacionamentos, as amizades, as convenções, as obrigações. Estabelecer-me em um lugar? Para fazer o quê? Estudar, formar uma família, ensinar, comerciar? Não, isso não é para mim.

Nunca sonhei com um lar com esposa e uma penca de filhos. Só de pensar nisso, já sinto náusea. Voltar para casa, tirar meus sapatos, pendurar meu casaco, sorrir para a

---

[1] Corresponde a dezembro de 1247 no calendário gregoriano. Esta e outras notas com datas referentes a eventos e personagens históricos são da autora; em alguns casos, o tradutor complementou-as com informações que amparam o leitor brasileiro. As demais notas estão indicadas como sendo do tradutor.

esposa, afagar e domar as crianças: não. Não fazia a menor questão dessa alegria. Não queria ter filhos, assim como não queria ser o filho de ninguém. Sem pais, sem filhos.

Meus pais não eram feitos da mesma matéria que eu. Mostravam-se amáveis e gentis. Principalmente meu pai. Sensível demais. Alguém lhe dizia duas palavras e ele já chorava. Ele me mimava muito, até demais. Tenho cinco ou seis anos, estamos sentados em volta da toalha, um gato entra no cômodo e se esgueira contornando os pratos. Meu pai não reage. Ele o deixa fazer aquilo. Não quer me contrariar. O gato abocanha um pedaço de carne, derruba a tigela e a quebra. Qualquer um pegaria um bastão e enxotaria o animal. Mas não meu pai. O gato vai embora, um tanto quanto surpreso.

"Se a tigela não tivesse se quebrado", meu pai disse enquanto catava os cacos de louça, "o azar teria desabado sobre ti, sobre tua mãe ou sobre mim!"

Minha natureza era outra. Eu dormia pouco. Quase não falava. Eu me esquecia de comer. Às vezes não conseguia engolir nada por três ou quatro dias. Meu pai e minha mãe imploravam para eu fazer um esforço, em vão.

Não havia por que se compadecer de mim. Longe disso. Eu me sentia bem, exceto a cada quatro dias, quando entrava em estado letárgico. Mas eu não fraquejava. Se fosse necessário, eu poderia ter voado para além da janela, como um pássaro.

Aliás, o pássaro.

Meu pai teimava em me perguntar o que havia de errado. Eu não era louco, nem um pouco louco. Não arrancava minhas roupas. Não atacava ninguém. Ele repetia para mim: "Mas não comes!".

Não, eu não comia.

"E amanhã?", ele me perguntava. "E depois de amanhã? E outro dia?"

Se meu próprio pai ignorava tudo sobre mim, o que dizer de um vizinho, de um conterrâneo? Eu era um estrangeiro em minha própria cidade.

Eu era um ovo de pata debaixo de uma galinha. O patinho rompe a casca e cresce. Um dia, a mãe o leva para perto de um córrego. A galinha domesticada saltita, à sua maneira, ao longo de toda a ribeira, mas jamais cogita mergulhar ali.

Eu era do oceano. Disse a meu pai que o oceano me servia de montaria, de pátria, de temperamento, que ele também deveria se jogar ali, ou então se juntar às galinhas domesticadas, às galinhas submissas.

"Se ages desse jeito com teus amigos, como vais tratar teus inimigos?" Ele disse essas poucas palavras, voltou para as galinhas domesticadas e me entregou ao oceano.

Pouco tempo depois, conheci um companheiro ardente que se apoderou de mim como a águia agarra um pardal ou o homem faminto agarra um pedaço de pão. Lançou-me ferozmente no *sama*,[2] a dança que ligaria o céu à terra. Tornei-me o pássaro que viravolta, tornei-me o alimento picado.

Depois, de repente, rechaçou-me e exclamou: "Ele ainda está cru!". A seu ver, eu trazia o amargor e o azedume das uvas verdes.

Já não me lembro da identidade daquele companheiro ardente, nem de seu nome, nem de sua profissão. Seus olhos me bastam: duas cuias de sangue. E sua voz, seu grito: "A dança de um homem sincero coloca os céus,

---

2 Dança giratória sagrada para os sufis, surgida na Turquia, com a inspiração de Maulana. Cantam-se poesias místicas sobre o amante/amado, a essência divina e o autoesquecimento em um contexto de contemplação divina (*dhikr*). (N. T.)

a terra e todas as criaturas em movimento. A dança de um muçulmano, ao leste, enfebrece o muçulmano do outro lado da terra, no poente".

Minha dança não abalava ninguém.

Também me lembro de um louco. Internavam-no cá e lá, nos tambores dos curtumes, nos poços secos, nas masmorras, mas ele conseguia se evadir. Um dia, nervoso, ele avançou em meu pai e ergueu o punho para golpeá-lo. No último minuto, apontando para mim, acrescentou: "Não fosse por ele, eu já teria te arrastado até aquele charco e te jogado lá dentro!". Ele se voltou para mim e disse: "Sê feliz!". E foi embora.

Eu não gostava de estar cercado de pessoas da minha idade nem de jogar dados. Sempre que possível, ia escutar os sermões.

Estudava *Al-Tanbih*[3] e outras obras do tipo em uma madraça,[4] com grandes árvores, cepas de vinhas e muros cobertos de jasmim. Todo dia nos reuníamos no pátio depois da prece vespertina e debatíamos uma ou duas seções do livro. Hoje esqueci todas. Não suporto fábulas.


Em Tabriz, eu gostava muito de um dos sheiks. Ele se chamava Abu Bakr Sallahbaf. Tinha duas ocupações favoritas: tecer seda e rebaixar os poderosos. Nem mesmo seus discípulos esperavam alguma coisa dele: nenhum manto de honra ou sinal de pertencimento.

---

3   *Al-Tanbih wa al-ishraf*, livro em língua árabe do historiador e geógrafo Al-Masudi (*c.* 888-956). (N. T.)
4   O termo designa qualquer escola, secular ou religiosa, gratuita ou paga. (N. T.)

Eu já tinha meu próprio manto *kherqeh*,[5] e, quando me perguntavam de quem eu o havia obtido, respondia que me fora dado pelo Profeta, durante meu sono, que esse casaco não se alteraria, jamais serviria de pano, que era o casaco da palavra, uma palavra fora de toda razão, fora de ontem, de hoje, de amanhã.

Eu era adolescente, via Deus, via os anjos, via o mundo de fora e de dentro. Pensava que fosse assim para todos.

Abu Bakr me impedia de falar a respeito disso.

Esse Abu Bakr afirmava ser insone. Uma noite, sentado em seu terraço, viu uma tropa armada perseguindo um ladrão. Tomado de pena por aquele homem, levantou-se, correu atrás dele e conseguiu capturá-lo numa ruela escura. Disse-lhe que conhecia uma casa desocupada, repleta de bens preciosos, e o convenceu a segui-lo. Quando Abu Bakr chegou na frente da residência, que era a sua, escalou o muro, entrou em seu quarto e arremessou para fora seus tapetes, suas roupas, seus manuscritos. Em seguida agitou seus vizinhos, pediu ajuda. O ladrão agarrou o espólio, desapareceu num piscar de olhos na escuridão. Em pé dentro de um aposento vazio, Abu Bakr respirou aliviado. O homem não havia partido de mãos vazias.

Abu Bakr enxergara o desejo do bandido, mas não enxergou o meu próprio desejo. Havia em mim algo que aquele sheik não enxergava, que ninguém conseguia enxergar.

---

5   Manto que o membro mais velho da ordem sufi entrega ao recém-iniciado no sufismo, estabelecendo um laço de união perpétuo. (N. T.)

Eu tinha mais de vinte anos quando deixei a cidade de Tabriz, sem grandes arrependimentos. Era uma cidade pacata e próspera, encabeçada por um poderoso Atabeg,[6] sitiada por Tamar, rainha cristã da Geórgia,[7] e habitada pela minha família, as galinhas domesticadas.

A estrada se tornou minha companheira. Eu não temia nem os salteadores, nem as feras, nem os espíritos. Os caravançarais me hospedavam como a um irmão. Eu ia para Erzurum, Erzinjane, Sivas, Aksaray, Kayseri, Alepo, Damasco e Bagdá. Sem encontrar um mestre. E, no entanto, não parecia que faltavam mestres no mundo. Não encontrei nem mestre, nem sequer um único homem com quem eu pudesse ter falado sem os ferir.

Vi apenas Maulana, porém muito mais tarde. [756,11]

Minha mão treme ao escrever seu nome. Consegui escrever o M, a primeira letra. Se tomei a pena foi por causa dele, da nossa relação, que, como um jato d'água, foi se elevando, elevando, culminou no topo e se arrebentou. Queda livre, vertigem, difusão. Tive de deixá-lo e ir-me embora para libertá-lo de mim, para libertar-me dele.

A vela ilumina as letras que compõem o seu nome. Cerro os olhos e as letras dançam. Ele consegue fazer até as palavras dançarem. Os céus, a terra, as criaturas, também o muçulmano do outro lado do planeta. Acaricio cada uma das letras. Pego o papel onde seu nome está escrito e o aproximo da vela. Ele e eu falamos somente

---

6   Título conferido ao governador de uma nação ou província, responsável pela educação do príncipe, no contexto persa e sunita do Império Seljúcida. (N. T.)
7   Tamar (1166-1213) expandiu seu reino até o mar Cáspio. Sob seu reinado, a maioria dos países muçulmanos vizinhos se tornou vassalo da Geórgia.

a linguagem do fogo. A chama conhece nossos segredos. Ela também se põe a dançar. Ouso até pronunciar seu nome e chamá-lo como se ainda escutasse seus passos.

"Maulana?"

Tenho certeza de que me ouve, onde quer que esteja. Vejo-o se levantar, vestir seu casaco, sair da cela e dizer:

"Shams está me solicitando..."

Se continuo, ele levanta uma caravana no mesmo instante para me procurar. Minha partida não terá adiantado nada.

Eu ia de um lugar para outro, fazendo-me passar por comerciante ou professor. Depois de Tabriz, minha primeira cidade grande foi Erzurum, a mais alta de toda a região.

Hoje, velho e sozinho, posso finalmente contar sobre os costumes de lá. Erzurum desviava do caminho reto até os ascetas centenários. Eu queria uma coisa apenas: ensinar, ganhar alguns dinares[8] e estender a viagem. Eu era bom, honesto, mestre de minha alma, e rejeitava certas tentações. No entanto, um de meus alunos, renomado por sua beleza, jogou-se sobre mim e pendurou-se no meu pescoço. Não pude fazer outra coisa a não ser esbofeteá-lo. Meu apetite feneceu, meu órgão ressecou e meu desejo abandonou a ferramenta.

Na noite seguinte, sonhei com uma voz que me convidava, contudo, a saciar meu apetite. Logo no dia seguinte, fui até a Porta chamada "as Encantadoras". Depois de fazer a ronda algumas vezes, uma russa encantadora me aliciou e me atraiu para dentro de sua cela.

---

8  Moeda empregada no Império Seljúcida, cujo nome se manteve desde tempos pré-islâmicos, apesar das diferenças de valores ao longo do tempo. Posteriormente, o dinar adquire o duplo sentido de moeda de ouro ou de unidade monetária, nem sempre incorporada pelas verdadeiras moedas. (N. T.)

Dei-lhe alguns dirrãs[9] e passei a noite ao seu lado. Graças a Deus e à voz do sonho, fui libertado de certas vontades.

Se me deixassem, em três meses eu ensinaria o Alcorão inteiro para as crianças. O Alcorão em três meses. Eis o meu prodígio, a minha proeza. Eu tinha muitos alunos. Por amor, eu os maltratava. E dissipava os sentimentos deles.

Caso a cidade não me agradasse e eu decidisse ir embora, confeccionava e vendia cintos de cordão. Na visão de alguns, eu me passava por mascate. Poderia ter me acomodado nesse anonimato, quase um deleite, mas alguma coisa dentro de mim exigia um cara a cara feroz, um abalo brutal.

A imobilidade não me convinha. Um dia, dei-me conta de que estava perdido numa montanha e que, para descer, precisaria caminhar por três dias. Diante de mim: uma massa d'água e um declive íngreme. Ao lado: a pista. Abaixo: o vilarejo, pequeno como o aro de um anel. Sem refletir, roçando na morte, comecei a descer correndo o declive. De longe, os habitantes do vilarejo deviam estar se perguntando se eu era uma pantera ou algum outro animal. Quando me viram de perto, curvaram-se e jogaram-se aos meus pés. Aos olhos deles, eu era uma fada, o profeta Al Khidr,[10] uma criatura misteriosa que acabava de conseguir dominar a pedra. Eu havia tratado a montanha como uma superfície plana, como a palma da minha mão.

A etapa seguinte foi Erzinjane, lotada de armênios. Eles falavam sua própria língua, e os muçulmanos, turco.

---

9   Moeda criada a partir dos dracmas sassânidas, de menor valor que o dinar. (N. T.)
10  Personagem islâmico lendário que tem o dom da imortalidade e que se tornou um santo, muito popular entre marinheiros e sufis. (N. T.)

A cidade era famosa por seus candelabros modelados no cobre extraído das minas vizinhas.

Com pouco dinheiro, apresentei-me por três dias seguidos num canteiro de obras e não fui recrutado. O contramestre dava emprego a todo mundo, menos a mim. Ele me achava magro e fraco. Finalmente, um homem que me espiava de longe mandou um empregado se informar sobre a minha identidade.

"És proprietário deste caminho?", lancei a ele, "e da cidade também? Se for este o caso, dize-me!"

O homem avançou, apresentou suas desculpas, convidou-me para ir a sua casa, serviu-me pratos suculentos e sentou-se, longe de mim, de joelhos dobrados, em sinal de polidez.

Alguns dias depois, repreendeu-me por tê-lo mantido à distância, como se de trás de um véu. Para ele, a amizade não caminhava em sentido único. O que fazer? Quando eu amava uma pessoa, mostrava minha raiva para ela. Para mim esse era o único modo de pertencer a alguém.

Esse homem pensava apenas em seu próprio suplício. Não via o que eu podia lhe oferecer além da dor. Se ao menos ele conseguisse ver isso, seria destemido. Mesmo a morte lhe pareceria indiferente.

Um cego, aquele homem.


Já não me lembro em que ordem eu visitava as cidades. Mas, um dia, eu me vi em Alepo.

Seu nome em árabe, Halab, significa "a branca", em referência à cor da terra e ao mármore abundante naquela região. Como todas as belas cidades, ela foi fresca e virgem. Conheci-a recém-casada. Mas sua juventude um dia irá embora. Ela necessariamente será esquecida, e a destruição virá.

Quando cheguei a Alepo, a cidade inteira ainda estava agitada pela execução de Suhrawardi.[11] Dois dos juristas da cidade, uns cães, tramaram contra ele e incitaram Saladino[12] a condená-lo à morte. Suhrawardi foi estrangulado aos trinta e seis anos, na prisão, em pleno verão.

Tudo naquela cidade me remetia a ele: as duas muralhas que cercavam a fortaleza, a água que jorrava de um grande fosso, as torres junto à muralha, as galerias do bazar e, enfim, o meu lugar preferido: a biblioteca da Grande Mesquita. Em Alepo, os livros eram considerados bens preciosos. Meio século após o incêndio da Grande Mesquita, os alepinos ainda falavam com ardor sobre o abrasamento das obras mais raras. Em privado, quando sentiam confiança, também denunciavam certos ulemás que tomavam emprestado as coletâneas e nunca as devolviam, ou as roubavam explicitamente e o vigia não ousava impedi-los.

Nessa biblioteca, eu mesmo contei cento e sessenta tratados de poesia e duzentas e cinquenta obras sobre as armas, as mulheres, os cantores, os camelos, os vícios, as virtudes, os provérbios, os jogos e os sonhos. Lá também encontrei, conforme o gosto da época, muitos dicionários e antologias de poetas. Folheando os livros daquela biblioteca ou de outras madraças, de certa forma eu supria a ausência de Suhrawardi.

Filósofo, próximo dos sufis, ele também compunha poemas.

De súbito, este aqui me vem à mente:

---

11 Suhrawardi (1154-1191), filósofo e místico persa, é o fundador da teosofia "oriental" (*Ishraq*).
12 De origem curda, Saladino (*c*. 1137-1193), que reinou no Egito e na Síria, é conhecido por ter sido o artesão da reconquista de Jerusalém pelos muçulmanos em 1187, durante as Cruzadas.

*És o andante, o caminho*
*E és o único destino.*
*Neste caminho, que é o teu,*
*Não te percas, não te desvies.*

Assim como eu, Suhrawardi vagava de um lugar a outro e praticava o *sama*. O povo de Alepo dizia que ele vestia ora roupas remendadas e escuras, ora tecidos de seda coloridos, inclusive túnicas curtas, forradas e azuis. Ele tampouco temia as reprovações. Atribuíam-se a ele poderes mágicos e saberes alquímicos. Em um de seus êxtases, alegou até ter visto Aristóteles. Pensava que os ascetas estavam aptos a alcançar um estágio no qual percebiam todas as silhuetas que desejassem.

Na biblioteca de Alepo, eu procurava as obras dele furtivamente. Quando encontrava uma delas, escondia-a debaixo dos panos de meu *aba*[13] e ia ler em algum canto à sombra. Ele queria derrubar o governo e estabelecer trocas que não dependessem do dinheiro, do dinar e do dirrã, que ele considerava os verdadeiros responsáveis pelas cabeças e mãos decepadas.

Ele também falava de um "Oriente" que era um Oriente interior, símbolo de luz e de conhecimento, oposto ao "exílio ocidental", no qual ele via o conhecimento distante e esquecido nas trevas da matéria.

Cheguei em Alepo tarde demais, após a morte dele. Para mim, o saber de Suhrawardi era imenso, mas sua razão, mínima. Se eu tivesse conseguido encontrá-lo, teria ficado com ele por um tempo e o teria interrogado sobre Aristóteles, sobre "o exílio ocidental".

Mas perdi a oportunidade.

---

13  Casaco longo sem mangas, mas com aberturas, usado por clérigos. (N. T.)

Antes de deixar Alepo, decidi me retirar durante certo tempo à cela de um colégio. Praticava todo tipo de mortificações e privações, até que uma voz se elevou da parede, ordenando-me que voltasse ao mundo. Provavelmente era a minha própria voz.

Eu me encontrava nas estradas da Síria quando fiquei sabendo da conquista de Samarcanda por Gengis Khan.[14] Eu tinha então trinta e cinco anos. Aconteceu dois dias antes do ano novo.[15] Essa conquista também anunciava, à sua maneira, uma nova era, a dos escudos de carne humana, das pirâmides de cabeças decapitadas, dos cálices repletos de sangue preto.

"Eles chegaram, arrancaram, queimaram, mataram, pilharam e se foram", dissera um habitante de Bucara após a passagem dos mongóis.

Essa frase me atormentava. Ela falava sobre mim. Eu procurava fazer o mesmo.

Com quem? Ainda não sabia.


Dois anos depois, quando eu ainda estava na estrada, os mongóis chegaram às portas de Tabriz, minha cidade natal. Os moradores não sabiam para onde fugir. Atrás dos vencedores, terras queimavam dia e noite. Adiante deles, traçavam-se promessas de carnificina. Finalmente o mundo se parecia comigo: arrebentação, agitação, tremores.

---

14  O imperador mongol conquistou a cidade em 12 de março de 1220. Situada no atual Uzbequistão, Samarcanda foi um dos mais importantes centros comerciais da Rota da Seda, entre 115 a.C. e o século XIII. Seu caráter cosmopolita exerceu influência política e econômica na Ásia Central. (N. T.)

15  O ano novo mencionado é o Noruz, data tradicional do calendário persa, baseado no equinócio de março do hemisfério Norte, que marca o início da primavera. (N. T.)

[822,30]

Tabriz estava indefesa, órfã. O governador evacuara sua família. Caindo de bêbado, cambaleava pelo bazar. Mas um homem, um homem de verdade, Shams Toghrai, agrupou a população e propôs resgatar a paz. Os mongóis ameaçavam incendiar a cidade e alguns tabrizenses ainda torciam o nariz para a ideia de se desfazer de seus bens.

Carregados de víveres, apetrechos e tapeçarias, quadrúpedes foram enviados até o acampamento inimigo. Ao ver o comboio, os chefes mongóis desceram de seus cavalos, acomodaram-se em cadeiras e avaliaram, não sem desdém e arrogância, os presentes da cidade.

Shams Toghrai adiantou-se até o Khan e lhe estendeu uma cuia de mercúrio. Preocupados com o bem-estar dos soldados mongóis, meus conterrâneos ofereceram a eles, entre outras coisas, um medicamento contra piolhos. Tocado com o gesto amistoso, o Khan poupou minha cidade, que assim foi salva por piolhos.


Um dia, me vi em Damasco. Havia muito tempo que essa cidade me atraía. Eu gostava de sua Grande Mesquita, do túmulo de Zacarias, pai de Yahya,[16] aonde eu ia me retirar sempre que possível, e do mercado de papeleiros, que vendia papel, cálamos e tinta.

A cidade inteira lembrava Saladino. Havia sido de lá que ele declarara o jihad contra os cruzados e partira à conquista de Jerusalém.[17] Sua lápide ainda dizia: "Senhor, concedei-lhe sua última morada, o paraíso!".

---

16    Zacarias, sacerdote do Templo de Jerusalém, era pai de são João Batista.

17    Em 1187, Saladino conquistou Jerusalém depois da batalha conhecida como Cerco de Jerusalém.

Para mim, o paraíso era justamente Damasco — ou ligeiramente abaixo.

O filho de Saladino, Al-Afdal,[18] reinava então na Síria. De temperamento fraco, jamais se separava de seu médico judeu Moisés Maimônides.[19] Este, rabino e astrônomo, vinha da Andaluzia e escrevera duas obras em homenagem ao sultão, uma das quais tratava dos problemas relacionados ao seu humor. Eu gostaria de tê-lo conhecido, a ele e a Averróis.[20] Mas fazia uns vinte anos que eles haviam morrido, um no Egito e o outro em Marraquexe.

Eu tinha algo melhor à mão. Um grande sheik saudável e que vivia ali mesmo em Damasco. Ibn Arabi[21] em pessoa. Eu só precisava de tempo e de alguns intermediários.

No início de minha estada, eu frequentava apenas os dervixes, e não os eruditos. Pensava que o modo de vida dos eruditos fosse o oposto do dos dervixes, da pobreza deles. Quando vi a suposta pobreza dos dervixes e

[168,22]

---

18    Al-Afdal (c. 1169-1225) foi sultão de Damasco e sultão supremo do Império Aiúbida entre 1193 e 1196. Retratado pela historiografia como homem de caráter fraco e doentio, conviveu com Moisés Maimônides.

19    Moisés Maimônides (c. 1138-1204), nascido em Córdoba, foi um dos maiores pensadores de sua época, tendo deixado um importante legado nas áreas da medicina, filosofia e teologia judaica.

20    Averróis (1126-1198), polímata nascido em Córdoba, é conhecido por seus tratados de filosofia, teologia e medicina, campos para os quais contribuiu de maneira inovadora e crucial, bem como em diversas áreas como a física, a matemática, a geografia e a linguística.

21    Ibn Arabi (1165-1240), místico sufi, filósofo e poeta nascido em Múrcia, escreveu relatos de viagem e compôs tratados filosóficos e poemas.

o que eles faziam com ela, passei a preferir a companhia dos eruditos.

Pouco tempo depois, encontrei justamente um *qadi*[22] que, como eu, se chamava Shams. Vinha de Khoy, não muito longe de minha Tabriz natal, e frequentava Ibn Arabi. Todas essas razões logo o tornaram atraente para mim.

Aquele outro Shams dividia seus alunos em duas categorias: os que decoravam os livros, só para citá-los, e os que, tal como a abelha faz com a flor, digeriam as palavras para se apoderarem delas e as disseminarem. Ele também dispensava seus ensinamentos de maneira pública e privada. Os cursos oficiais eram destinados ao primeiro grupo. Eu participava dos cursos escondidos, secretos. Porém, não me rendia a ele. Agia ardilosamente para esconder minha identidade profunda, e ele caía na armadilha. E mesmo Deus: que outra coisa faz Ele senão agir ardilosamente?

Apesar de toda a fé que esse *qadi* me testemunhava, decidi deixá-lo. Ele de fato não me ensinava nada. "Não quero desonrar-me perante Deus!", ele me dizia tossindo e escarrando. "Deus criou-te belo. Não te posso enfeiar. És uma nobre joia e eu nada posso acrescentar a ela."

Eu queria trabalhar. Ele não achava que eu fosse capaz, delicado demais, saturado demais... Mas eu não abri mão. Quando ele viu minha determinação, reuniu seus discípulos e ordenou-lhes que agissem como eu, esse rei à procura de um ganha-pão. Eu não podia me demorar demais nisso. O *qadi* Shams estava a ponto de me desmascarar e me acorrentar.

Certa manhã, parti. Pequenas ocupações esperavam por mim. Soube mais tarde que o *qadi* havia morrido de tuberculose.

---

22  Juiz muçulmano que desempenha funções civis, judiciárias e religiosas. (N. T.)

Ainda em Damasco, simpatizei com um ímpio espiritual, outro alguém próximo de Ibn Arabi. Chamava-se Shahab Hariveh e, assim como Maulana — Ah! Ele! —, vinha do Leste.

Ele não deixava ninguém se intrometer em sua intimidade. Tudo o incomodava, desde o anjo Gabriel até seu próprio ser.

"Aproxima-te, tu pacificas meu coração", ele me dizia com o sotaque das pessoas do Leste. Eu o interrogava e ele falava, falava, falava. Uma vez, ao fim de uma ladainha interminável, soltou: "Deus não mostra sua face senão para raríssimas pessoas". Eu queria precisamente que ele me falasse desses seres singulares. Absteve-se e conduziu-me a todas as direções. Nem uma única palavra sobre os que tinham visto o rosto de Deus.

Não suportei esse silêncio.


Nas cidades onde eu me demorava um pouco, como Damasco e Alepo, eu instruía as crianças. Um dia, um menino escutou minhas palavras. Embasbacado, ele quis ficar em minha companhia e me servir. Seus pais tremiam e choravam. Ele próprio ficou apreensivo com a minha recusa e, mais que tudo, com a minha partida. A situação era delicada. Imóvel, a cabeça sobre os joelhos, sob os olhares da mãe e do pai, que não ousavam repreendê-lo, ele murmurou algumas palavras. Aproximei-me e o ouvi dizer:

> *À tua porta, não passo*
> *De um punhado de poeira sólida.*
> *Os outros são vento,*
> *Não passam de um vaivém.*

Pedi para ele repetir. Ele se recusou. Anos depois, fui informado de que ele havia morrido aos dezoito anos de idade.

Uma noite, um homem que diziam ser malicioso e perverso convidou-se para uma de nossas leituras corânicas. Escutou a palavra sagrada e, visivelmente metamorfoseado, gritou: "Eu me arrependo, eu me arrependo, estou me separando agora mesmo de minha mulher e vou a Meca". Saiu gritando: "Mulher, deixa-me em paz!". Ela era sua corrente.

Nem mulher, nem lar, nem fronteira. Eu sabia o que não queria. Mas o que eu procurava parecia não ter limites.

Eu devia ser mais que mestre, mais que místico, mais que desperto, mais que tudo. Devia seguir o Profeta em sua ascensão e captar a profundeza de Deus no interior de mim mesmo. Deus é profundo. Bem se sabe. Mas aquele que deve ser profundo és tu, sou eu. Que espécie de amigo sou eu, se não conheço, como a palma da minha mão, o que meu amigo pensa e sente? Que espécie de criatura sou eu, se ignoro a totalidade dos segredos de Deus e sua própria intimidade?

Eu devia rejeitar o prazer da obediência. Não queria nada daquela retribuição, daquele salário. Eu esperava ir mais alto e mais alto ainda. É esse o sentido de "Deus é o maior". *Allahu akbar* não significa nada além de "Eleva teu pensamento", pois Deus é maior que todas as concepções.

Eu estava sedento e mar algum conseguia matar a minha sede. Apenas Maulana compreendeu isso; apenas ele me garantiu que, nesse caminho, o homem verdadeiro avançava dia após dia, sem parar, sem se apegar. Apenas ele identificou o apego à morte.

Foi por isso que o deixei. Eu queria o movimento, a vida. Hoje sei que tinha razão. De nossa separação nascerão, cedo ou tarde, milhares de versos. Uma criança, de carne

e osso, concebida no amor dos pais teria me dado náusea.
Eu queria um nascimento na cisão, na desvinculação.


Em Damasco, meu paraíso, finalmente encontrei Ibn Arabi.
Para mim, Ibn Arabi representava uma montanha, uma montanha alta. Ele criticava as pessoas com muita frequência. E não se enganava. Mas quando ele próprio se perdia e eu o avisava, ele baixava a cabeça: "Criança! Fustigas-me severamente". Ele me chamava de "criança" no começo e no fim de cada frase. E no meio, ele ria. Quando o conheci, ele devia ter uns sessenta anos, menos que o dobro da minha idade. Mas daí a me chamar de "criança"!

Ele vinha de Córdoba, rincão do mundo ocidental que eu jamais viria a conhecer. Eu gostava de fazê-lo falar. Quando ele descrevia sua infância, eu não o interrompia. Eu era todo ouvidos.

Ele se reclinava nas almofadas, empurrava com a mão uma montanha de livros e um prato de *loukums*[23] de rosas — ah, as rosas de Damasco... quiçá um dia eu reencontre esse perfume — e narrava: "Eu tinha por volta de catorze anos quando meu pai, amigo de Averróis, me mandou até a casa dele. Como ele tinha ouvido falar de minha iluminação, mostrou-se surpreso e expressou seu desejo de me encontrar. Naquela época, eu era um menino sem penugem no rosto, nem mesmo bigode. Quando fui apresentado, Averróis se levantou, manifestou sua consideração e me beijou. Depois, me disse: 'Sim'. Eu, por minha vez, disse 'Sim'. A sua alegria aumentou ao perceber que eu o havia compreendido. Contudo, quando me dei conta do que motivara sua alegria, acrescentei: 'Não'. Averróis

---

23  Doce de goma, conhecido também pelo nome de manjar turco. (N. T.)

empalideceu, eu o vi tremer, pois ele compreendera a que eu estava fazendo alusão".

Eu o invejava. Aos quatorze anos, idade em que o pai de Ibn Arabi o enviara para junto de Averróis, o meu tentava me empanturrar de espetinhos de carneiro. O pai de Ibn Arabi descendia de um grande poeta; a mãe, de uma família principesca. Meus pais não passavam de galinhas domesticadas.

Para mim, o verdadeiro trono era o das palavras. Como não tínhamos livros em casa, eu saía sempre que possível para escutar os sermões, essa penca de palavras.

Mais tarde, depois do encontro com Averróis, Ibn Arabi teve duas mulheres idosas como guias, uma delas era amiga de sua mãe. Aos trinta e cinco anos, ele saiu da Andaluzia e a viagem se tornou para ele um instrumento de iniciação. Foi em Meca que viu Deus na pessoa de uma "menina grácil, de olhos enfeitiçantes e cintura fina", chamada Nizam.[24] A partir daquele momento, todo nome evocado em suas coletâneas fazia alusão àquela menina. Toda morada que ele elogiava com nostalgia era a dela. Ao fim desse encontro, pediu para Deus ajudá-lo a se tornar poeta e compôs *O intérprete dos desejos*.

Eu o invejava cada vez mais. Também aspirava a um impacto, a uma revelação. Queria encontrar um homem e fazer dele um poeta, um verdadeiro mensageiro. Isso me fazia arder de impaciência. Mas aqueles com quem eu havia cruzado voavam baixo. Buscava uma ave de rapina que caçaria nos topos.

---

24 Em 1202 Ibn Arabi passou a morar em Meca, onde escreveu *As iluminações de Meca*, quando conheceu Nizam. O encontro com a menina o inspirou a escrever a coletânea *O intérprete dos desejos*, na qual as alegorias do amor são associadas a Deus.

Apesar do embate com Nizam, Ibn Arabi seguiu seus périplos. Acusado de blasfêmia, ele inclusive chegou a ser preso no Cairo.

Passeávamos muitas vezes nos arrabaldes da cidadela, ao longo do rio Barada, e conversávamos. Um dia, Ibn Arabi disse que o conhecimento adquirido era superior ao conhecimento inato. Comparou o conhecimento inato a uma criança enunciando discursos que um adulto seria incapaz de imaginar. Colhi algumas flores de jasmim que subiam pelos muros e respondi que a criança atingia o alvo sem mirar. Ela não agia como um homem maduro que gerava palavras e as justificava de cem mil maneiras. A criança não compreendia suas próprias palavras. Mas Ibn Arabi, eu e outros, em nossa qualidade de adultos, podíamos compreendê-las e nos surpreender com elas.

Ele baixou a cabeça e me disse que havia acusado várias figuras importantes, talvez injustamente. Aspirou o jasmim na palma da minha mão e me pediu para recitar a Surata da Cidade.[25] Enquanto eu a murmurava, ele chorava abertamente e eu ria secretamente.

Muitas vezes nos ocorria de explorar a Grande Mesquita, onde ele me mostrava os vestígios de um antigo templo romano e a ruína de uma igreja cristã. Tal como esses monumentos, nós éramos palimpsestos, misturando todas as religiões, línguas, escrituras, origens. Quem compreendia isso compreendia o mundo.

Eu o via como uma montanha alta, mas também queria que ele provasse da contrariedade. Ibn Arabi pensava que a extensão da palavra era vasta. Errado. A extensão da palavra é estreita, a extensão do sentido é vasta.

---

25  Surata 90 do Alcorão. (N. T.)

Eu dizia a ele que me escutasse com novos ouvidos e cortasse aqueles que fervilhavam de palavras estéreis. Também dizia para ele ultrapassar a palavra, olhar para si mesmo e observar se era aparentado com "o longínquo próximo" — os vestígios pagãos e cristãos com os quais parecia estar tão familiarizado — ou com "o próximo longínquo" das madraças islâmicas, de onde fora excluído. Quanto a mim, eu frequentemente encontrava os sinais do islã nos infiéis, e não nos muçulmanos.

Um dia, durante o amanhecer, ele me levou para rezar na Grande Mesquita. O sol emergia por entre as colunadas e um leitor recitava o Alcorão. Além desse homem e de nós dois, ninguém mais. Ibn Arabi me disse que um daqueles antigos sultões de Damasco, cujo túmulo permanecia escondido em algum lugar no pátio, havia legado a uma fundação religiosa dinheiro suficiente para que todos os dias, ao nascer do sol, um recitador lesse ao pé do mimbar[26] um sétimo do Alcorão.[27] Fechei os olhos, deixando minha pele aspirar a luz matinal, imaginando aquela mesma mesquita num passado muito distante, destruída e devastada, uma verdadeira ruína, de onde ainda emergia, na aurora, a voz solitária de um leitor.

Em outro dia, ele me levou para fora da cidade, para o monte Qasioun, na Caverna de Abraão, gruta longa e estreita, de onde Abraão observava as estrelas, a lua e o sol. Em seguida, levou-me um pouco mais a oeste, à Cova do Sangue, e indicou um traço escarlate na pedra, no lugar onde Abel, filho de Adão, fora assassinado pelo irmão.

---

26  Púlpito do qual o sermão é proferido pelo imame na mesquita. (N. T.)
27  Aqui, sétimo ou sétima parte do Alcorão. Na tradição manuscrita da Ásia Central, a sétima não corresponde exatamente a um sétimo de todo o Alcorão, e sim a uma fração composta pelas suratas 1, 36, 48-114. (N. T.)

Velas e lamparinas iluminavam a cavidade. Eu acariciava com a mão a impressão do tio primordial enquanto escutava Ibn Arabi murmurar em meu ouvido que, de tempos em tempos, o Profeta Muhammad aparecia para ele como o guardião de seus segredos, de seus véus. Ele não enxergava que cada um podia ser seu próprio guardião.

Um peregrino chegou, saudou-nos e pôs-se a rezar. A tradição dizia que, antes dele, Abraão, Moisés, Jesus, Jó e Ló haviam rezado naquela mesma localização. Do lado de fora havia uma mesquita e várias celas, ocupadas por eremitas de olhos esbugalhados, de cabeleira desgrenhada. Nem por um segundo fiquei tentado a permanecer ali. Eu não pertencia às pedras, aos nichos, às criptas. O fogo era o meu elemento e o caos, a minha morada.

Descemos da montanha no lusco-fusco. Ele falou de novo sobre o Profeta e acrescentou que não entendia por que Muhammad, experiente na gnose, continuava a pregar, a autorizar e a proibir. Respondi que, quando ele se expressava daquela maneira, ou mesmo quando me chamava de "irmão" ou "criança", também era uma predicação. Ele próprio pregava e, ao mesmo tempo, criticava o Profeta por tê-lo feito.

Ibn Arabi não andava pelo mesmo caminho que eu. Seus discípulos diziam que ele, por si só, encarnava o caminho. Eu não era da mesma opinião que eles.

[299,12]

O choque, a investida e o tremor aos quais eu aspirava não se produziram com ele. Eu o irritava. Resistia a ele, mas sem retorno. Eu não o abalava. A "menina grácil, de olhos enfeitiçantes e cintura fina" que aparecera uns vinte anos antes já havia cumprido o trabalho. Metamorfoseado desde aquela iluminação, ele compunha poemas que me perturbavam bastante. Mas a minha presença ao lado dele me parecia vã.

Outra "montanha" devia esperar minha intermediação para se transformar em poeta e alimentar, com versos, os anjos famintos.

Maulana. Encontrei-o pela primeira vez na praça principal de Damasco. Lembro exatamente como foi. Naquele dia, eu usava uma vestimenta de feltro e uma touca preta. Eu o observava de longe. Ele tinha mais de vinte anos e toda a despreocupação da idade. Avançou em minha direção, seguido de alguns jovens, tomou minha mão na dele — sem dar bom-dia nem boas-vindas — e me pediu para transformá-lo.

Foi direto ao ponto: "Ó, transformador do mundo, revela-me!".

Fiquei paralisado, completamente absorto por aquelas palavras. Seria ele quem eu estava buscando? Num instante, vi o fardo que me esperava. Eu precisaria obrar como um alquimista. O fogo seria meu aliado. Mas o homem não me parecia pronto. Era aquela primavera que não havia visto o verão. Era aquele fruto verde, ainda preso no galho. Seu procedimento, sua pressa e até sua solicitação entregavam sua imaturidade. Ele ainda estava cru. Eu não devia precipitar nada.

Quando me recobrei, ele havia largado minha mão e dado o fora.

Por que ele? Tantos mestres haviam cruzado o meu caminho.

Um sufi me disse um dia: "Se encontrares guia melhor, deixa o antigo. Liberta-te dele e liberta-o de ti". Eu lhe dava razão.

Nenhum arrependimento, nenhum apego. Livre.

Por que Maulana? Porque ele clamou por mim. Ele disse isso abertamente, já nas primeiras palavras. Os outros também me solicitavam. Não se cansavam de me chamar, onde quer que eu pisasse. Eu viajava incógnito, mas algo em mim atraía aqueles que buscam, como a rima atrai os poetas; a cura, os doentes; a libertação, os prisioneiros; a sexta-feira, os alunos. Eu os repelia, a todos eles. Mudava de caminho. Estava destinado a outro alguém, noutro lugar, e esperava captá-lo.

Naquele dia, na praça de Damasco, eu não trazia em mim nenhum distintivo. Parecia um dervixe como os outros. Nenhum discípulo de Ibn Arabi me acompanhava. Todos os olhares se voltavam apenas para Maulana, o estudante superdotado, o filho do sultão dos sábios, o aluno de Borhan,[28] o conhecedor dos mistérios.

[763,6]

Discípulo do pai de Maulana, Borhan enviara o jovem prodígio a Damasco para prosseguir seus estudos. Mas Maulana já brilhava na teologia, na jurisprudência e na gramática. Se fosse tomado pela vontade de debater sobre lógica, suas palavras se revelariam mais frescas e convincentes que as de todos os retóricos.

Eu não possuía um décimo de sua ciência. Nem se lograsse rejuvenescer e estudar durante cem anos, sabia que não chegaria lá.

[730,15]

Foi Maulana quem me viu. Como alguém que está buscando e encontra, ele se pôs a falar. Eu era aquele que era buscado, o que não tinha distintivo, o que se movia, o antissocial. Levei dezesseis anos contemplando seu rosto de longe até responder a ele. E, quando enfim nos unimos, ele me disse que o objetivo de quem é buscado era aquele que o buscava.

[763,16]

Definitivamente, era ele. Isso que estava acontecendo conosco dava sequência à linhagem de Laila, amada de Majnun, e de Nizam, amada de Ibn Arabi.

Ainda hoje, depois de nossa união e de nossa separação, não sou capaz de explicar essa atração. A razão e o intelecto de nada me servem. Nunca consegui fazer uso deles. Por que Deus escolheu Moisés, Jesus e Muhammad?

---

28 Borhan Al-Din Mohaqqeq Termezi foi guia espiritual de Maulana. Conhecido pelas austeridades que praticava e por seu conhecimento fitoterápico, proferia ensinamentos que, embora nunca publicados, podem ter influenciado Maulana. Faleceu em 1240.

Por que Moisés se dirigia diretamente a Deus, sem intermediários, ao passo que nenhum outro homem, nenhum outro profeta jamais teve esse privilégio? Por que Jesus voltará no fim dos tempos? Por que o anjo Gabriel desceu até Muhammad para lhe ordenar que lesse, ao passo que ele não sabia nem ler nem escrever?

Alguém poderia me explicar essas escolhas de maneira racional? Os cristãos falam de "mistérios". Boca de siri sobre a Trindade, a Encarnação e a Redenção deles. Elas são aceitas quando se vive nessa fé. Maulana, meu mistério, não era o que se poderia compreender, mas o que nunca se acabará de compreender. Aceita-se isso quando se vive no amor.

Dali em diante eu apenas me dirigia a ele às escondidas, protegido. Como se eu abrisse um tesouro, longe dos olhos de outros, em subterrâneos obscuros que perspiram. E, no entanto, eu aguardava o grande dia.

Eu estava me resguardando para Maulana. Apenas com ele queria estar frente a frente. Mas ele ainda não merecia a minha companhia. Se eu me desvelasse naquela época, possivelmente teria estragado a sequência, nossa aliança e até mesmo nossa ruptura.

[619,1]

Em sonhos, ouvi uma voz. Ela disse que o meu desgarrado morava no território de Rum. Eu sabia. Mas a voz ordenou-me aguardar mais.

[760,1]

Eu devia ficar longe, observar de longe. Maulana estava presente em ausência. Eu me imaginava com frequência sentado ao lado dele, falando, dialogando, e comparava o sabor dessa presença com o gosto do distanciamento. A distância é um véu. Ainda que a luz de Maulana atravessasse o véu, ele mesmo assim permanecia fora de meu alcance. Eu o queria a cada respiração, mas o gosto do distanciamento prevalecia acima de tudo.

[622,19]

O cruzamento acontecera entre ele, o ilustre que busca, e eu, o buscado nebuloso. Era um faraó, imbuído de si mesmo, caminhando cabisbaixo. Uma montanha que se fazia colina, monte de terra. Ao meu redor, pessoas estúpidas apontavam suas cabeças em direção ao céu e confundiam suas esposas com suas mães, com suas irmãs. Ao meu redor, sim, uns estúpidos em busca de bajulação. Ainda que eu os ignorasse, eu estava beirando o anátema e o banimento. [778,6]

Se eu tivesse sido leal, teria dito em Damasco, na praça principal, ao próprio Maulana, esse mestre do saber, esse príncipe da jurisprudência, que sua ciência não levaria nem a Deus nem aos profetas, que ela criava um véu do qual era preciso se livrar o mais rápido possível.

Se eu tivesse sido leal, teria dito a Maulana que, para se desapegar do egoísmo, para dar seus verdadeiros passos no islã, era preciso viver como um mendigo russo, envolto em pele de carneiro, vendendo fósforos e recebendo bofetadas. [778,21]

O que significa governar? Ter autoridade sobre exércitos, cidades, vilarejos? Não, Maulana. Não. Governar é ter autoridade sobre sua alma, seu comportamento, seu caráter, sua linguagem, seu silêncio, sua cólera e sua ternura. [85,20]

Mas eu não era leal. Eu não disse nada. Abandonei-o na praça, ébrio de sua ciência e de seu poder.

Eu olhava para nossa época, situada entre Saladino e Gengis. Por toda parte, cabeças cortadas, bandos de órfãos famintos, colunas e minaretes derrubados. Eles oprimiram, perseguiram e massacraram. Mas ninguém conseguiu governar nem sua cólera, nem sequer sua ternura.

O essencial se encontrava em outro lugar, à sombra de Deus, abrigado do frio, junto a atributos e a nomes divinos, lá onde a morte morria e a vida se perpetuava. Para adentrar ali, era preciso caminhar na ponta dos pés e, sobretudo, não fazer nenhum ruído.

Para adentrar ali, era preciso abandonar os estudos e reconhecer que seis mil anos de madraça não levariam a lugar algum.

Sim, Maulana, para adentrar esse caminho era preciso liberar-te de tua ciência, desse imenso véu no qual só poderias enfiar-te como dentro de um poço, como dentro de um pântano. Seria preciso jogar fora a casca e acessar a essência, sorrir para a morte, renunciar ao pensamento. Senão, no fim de tudo, perceberias que passaste tua vida a lamber um pote e que negligenciaste o alimento eterno. As palavras e os sons, ó companheiro, não passam de potes.

Na hora de sua morte, o grande Sanayi,[29] aquele que em uma só obra compôs doze mil versos, juntou todo o seu fôlego e disse a duras penas, a voz quase inaudível, que na palavra não havia sentido e que no sentido não havia palavra.

Para caminhar nesse território era necessário cercar-se de homens e até tomar esposa. Era necessário evitar a ascese e o retiro. Sobretudo, não imitar os eremitas de Qasioun. Homens que pertenciam à montanha, não à humanidade. Uma poça de lama no meio das pedras. O que eu tinha a ver com a pedra?

Os habitantes desse território são solitários e acompanhados, celibatários e casados, estéreis e pais.

O jovem Maulana da praça de Damasco não era nem isso nem aquilo. Porém, quando penso na Kaaba e no templo dos ídolos, é ele quem nomeio.

---

29  Panegirista oficial da corte de Gazni (Afeganistão), Sanayi (*c.* 1080-1131) se tornou místico e produziu uma obra que teve grande influência na poesia mística islâmica, principalmente sobre Maulana.

Após esse breve encontro, Damasco passou a me pesar. A partir de então, eu já podia deixá-la. Ela me dera mais do que eu desejara.

Na estrada, do monte Qasioun, virei-me e lancei um último olhar sobre a tão amada cidade. Lembrei-me de Ibn Arabi, que lá decidira estabelecer domicílio, com quem eu pudera ficar lado a lado e até mesmo maltratar. Esse mundo, que era o meu, engendrara Saladino e Gengis, mas também Averróis, Maimônides, a montanha Ibn Arabi e Maulana também, meu próprio mistério.

Cheguei a Bagdá ao cair da noite e atravessei uma ponte, que estava congestionada como se fosse um dia cheio. Decidi me estabelecer na parte oeste da cidade, famosa por seus pomares e jardins.

Em Bagdá, eu desejava encontrar duas pessoas: um desconhecido, em virtude de sua resposta insólita a um sheik, e Auhad,[30] que me fora recomendado por Ibn Arabi.

Comecei pelo desconhecido. Dirigi-me, não sem dificuldades, ao *khaneqah*[31] onde ele residia. Ele me ofereceu hospedagem junto a ele. Recusei. O que eu queria era ouvir sua história de sua própria boca. Ele narrou.

Em Bagdá, na véspera do novo ano, um grande sheik estava fazendo um retiro. De súbito ouviu uma voz mandando-o se manifestar, pois ele possuía o sopro de Jesus. Ele não fez nada. A voz ressoou uma segunda e uma terceira vez, repetindo as mesmas palavras. O sheik rompeu seu isolamento e foi até o bazar. Lá seu

---

30   Auhad Al-Din Kermani (*c*. 1163-1238), contemporâneo de Suhrawardi e de Ibn Arabi, foi um poeta místico, censurado por suas contemplações de jovens efebos.

31   Alojamento onde os sufis se instalam em quartos ao redor de um pátio. (N. T.)

olhar foi atraído por biscoitos em forma de ave. Pegou um desses *halvas* e o assoprou. Imediatamente a guloseima envolveu-se em carne, pele e plumas e voou. Outros "pássaros" se lançaram no céu. A multidão, que nunca vira nada parecido, cercou o sheik, prostrou-se a seus pés e o seguiu para onde quer que ele fosse, inclusive o deserto. Ele tentou afugentá-los, mas em vão. Por fim, deplorou aquele prodígio que o aprisionava e o enfraquecia. A mesma voz ordenou a ele que dispersasse a multidão ao seu bel-prazer. Então o sheik soltou um flato ruidoso. Seus admiradores se entreolharam, balançaram a cabeça em sinal de desaprovação e foram embora. Todos partiram, salvo meu interlocutor. O sheik quis expulsá-lo, mas o homem respondeu que não o havia seguido por causa do primeiro sopro e não o deixaria por causa do segundo. A seu ver, o segundo sopro, o pum, superava o primeiro, pois havia reconfortado o sheik, ao passo que o primeiro o havia importunado.

[243,5]

Em Bagdá, eu frequentava o colégio inaugurado pelo califa abássida Mustansir,[32] mas os alunos me evitavam. Detestavam meus comentários, como aquele que fiz sobre o valor salutar do famoso pum.

Ninguém queria conversar comigo. Eu dizia a eles que afastassem para longe a melancolia e se alegrassem, que ponderassem a velhice e rejuvenescessem, que se abrissem com suas cabeças, suas orelhas, sua inteligência e que se cultivassem. Recusavam, sob o pretexto de que se dedicavam a outra questão, que não podiam realizar duas coisas ao mesmo tempo. Eu não os compreendia. Eu praticava, em simultâneo, sete ou oito obrigações.

[120,7]

---

32   Também conhecido como Al-Mustansir I (1192-1242), foi o 36º califa abássida, que reinou de 1226 a 1242, época próspera para a educação em Bagdá.

Não ia ao encontro das pessoas. Se alguém me evitava, eu o fazia dez vezes mais. Deus me cumprimentava dez vezes e eu nem sequer Lhe respondia. Só depois desses dez cumprimentos finalmente me dava ao trabalho de trocar uma palavra com Ele. Então, se alguém se zangava comigo, eu me zangava. E se alguém parava à minha frente, eu parava, é claro. [273,16]

Os diretores daquelas escolas se fechavam às minhas palavras. Tinham razão. Minhas palavras pareciam oriundas das alturas, eles as consideravam pretensiosas, arrogantes. O Alcorão e os dizeres de Muhammad procediam da necessidade. Logo, eles os consideravam sensatos. Meu discurso não vinha nem da necessidade nem da busca, mas das altitudes. Eles levantavam os olhos e seus chapéus caíam. Eu vivia em um estado inflamado e ninguém suportava isso. [139,1]

Minhas palavras pareciam um bálsamo. Elas podiam cicatrizar as queimaduras. [766,22]

Quando algum aluno me chamava de lado, eu perguntava se ele tinha vindo ali para falar ou para escutar. Se quisesse falar, eu o escutava durante três dias e três noites sem interrompê-lo, por medo de me expressar e ser interrompido. Se quisesse escutar, então eu falava. [760,6]

Durante aquela estadia, em várias ocasiões me pediram para comentar o Alcorão. Todas as vezes eu recusava, pois o meu comentário não provinha de Muhammad nem de Deus.

Nesse tipo de questão, meu "eu" me renegava.

Eu lhe dizia: "Agora que me renegas, larga-me, vai embora daqui! Por que me fazes sofrer?". Ele não se mexia e continuava a me renegar. Tampouco me compreendia.

Um calígrafo escrevia três tipos de escrita. A primeira era lida apenas por ele. A segunda, por ele e por todos. A terceira, nem por ele nem por nenhum outro. Eu era essa terceira escrita. Quando eu falava, ninguém compreendia, nem eu nem um outro. [272,4]

[245,10] Usava uma rédea que ninguém ousava agarrar, ninguém exceto Muhammad, o Enviado de Deus. Aliás, ele a pegava com precaução. Quando eu me deixava levar e bravateava, ele não puxava a rédea em absoluto.

[684,1] Eu queria amansar o falacioso, aquele que possuía todos os defeitos. Queria tornar possível o impossível.

Bagdá agia em mim como um ímã. Muitas coisas me detinham ali. Entre elas, os banhos.

Eu ouvira dizer que Maulana costumava frequentar os *hammams*,[33] que ele curava os doentes com águas termais, que tinha até cuidado de seu secretário moribundo, Bahri, tendo-o submetido a tamanha quantidade de imersões que era impossível contar.

Deixei-me então seduzir por um dos *hammams* da cidade. O estabelecimento dispunha de salas individuais, nas quais havia lavatórios com torneiras de água quente e fria. Entregaram-me três toalhas, uma para entrar na banheira, outra para sair e mais outra para me secar. Nunca tinha visto nada parecido.

Entrei no aposento de água quente: vapor e névoa. Avancei como um cego, tateando. Escorreguei, perdi o equilíbrio, busquei uma pilastra, uma parede. Eu estava enrolado em um lençol e imerso na bruma. O universo inteiro constituía o meu véu. O céu, a terra, meu próprio corpo, meu espírito, véu sobre véu. Saí do banho de maneira precipitada, persuadido de que até o próprio [200,14] gnóstico era um véu para o ser amado.

Eis o que guardei do *hammam* de Bagdá: rasgar os véus, ir direto ao ponto. O caminho para a Kaaba é múltiplo. Alguns vão para lá partindo da Anatólia, outros da Síria, outros do Irã e da China, e outros ainda

---

33 Sauna ou banho turco. (N. T.)

navegando da Índia ou do Iêmen. Divergências, acusações e até guerras sobrevêm na estrada, mas, uma vez que se chega ao destino, todos percebem que estavam de fato buscando a mesma coisa.

De súbito, a narrativa de Attar[34] me veio à mente. Uma noite, as borboletas decidiram conhecer a natureza da chama. Uma borboleta se aproximou da vela, deu uma volta e relatou ao seu mestre que a vela aquecia. Uma segunda borboleta alçou voo, aproximou-se mais ainda do círio, queimou uma asa. Ofegante, ao retornar informou que o fogo queimava. Uma terceira borboleta voou em direção à vela e se jogou, apaixonadamente, na chama. O mestre, que assistia à combustão, disse que ela fora a única a ter captado a natureza do fogo. Meu objetivo era Maulana. Eu devia me unir a ele, precipitá-lo no fogo e observar o nascimento de milhares de versos.

Em Bagdá, longe de Maulana, eu tinha Auhad à minha disposição. Mas ele não passava de uma simples borboleta, nem chegava a ser uma abelha. Nutrido com o néctar dos poemas de Attar, de Suhrawardi e de Ibn Arabi, a poesia dele permanecia, entretanto, um pouco sem graça.

Assim como Suhrawardi, Ibn Arabi e eu, Auhad amava viajar. Nascera em Kerman, escapara de sua cidade natal — em decorrência da invasão dos turcos oguzes — e emigrara para Bagdá. Dali rumou para Tabriz, onde poderíamos nos ter cruzado; eu, aos dez anos de idade,

---

34 Poeta místico persa, Farid Al-Din Attar (c. 1142-1220) vivia em Nixapur, no leste do atual Irã. É o autor de *A conferência dos pássaros (Manteq al-teyr)*, que conta a busca de milhares de aves pelo Simorgh, o Pássaro-Rei. Ao término do périplo, elas se descobrem a si mesmas. O Simorgh é elas, e elas são o Simorgh.

fugindo da minha família, e ele, já na casa dos trinta, buscando a teofania no rosto de belos adolescentes.

Ele também passou um período na Anatólia e na Síria. Em Damasco, orbitou Ibn Arabi e até foi citado nas *Iluminações de Meca*. Lá teve a sorte de encontrar grandes sheiks, mas também o jovem e impetuoso Maulana.

Auhad praticava o *sama* e compunha quartetos. Mas, antes de se tornar místico, antes de alguns imbecis o tomarem por um louco, ele dirigira uma madraça importante e dispensara um ensino exemplar. Ele fascinava o califa abássida Mustansir.

Decidi enfim ir para junto de Auhad. Assim como eu, ele residia na parte leste da cidade. Naquele dia fazia muito frio. Bagdá nunca havia conhecido um inverno tão rigoroso. Auhad estava quase sem roupas e seus companheiros, tão despidos quanto ele, tiritavam. Eu usava a minha velha peliça. Minha primeira reação foi tirá-la para cobrir seus ombros. Ele recusou. Senti que não era o momento oportuno para ir além e o deixei.

No dia seguinte, descobri uma trupe de costureiros e uma montanha de tecidos à sua porta. O califa havia acabado de oferecer material para eles se enrouparem e se aquecerem por anos e anos. Com uma vela na mão, entrei na cela dele. Lá o encontrei coberto por um casaco de pele. Perguntei se era mais um presente do califa. Ele me disse que tinha o casaco desde sempre, mas que, enquanto seus íntimos estivessem necessitados, não se sentia à vontade para exibi-lo.

Ele era mais velho, mais célebre e mais cercado de gente que eu, mas demonstrava para comigo um respeito sem limites. Já eu o olhava de cima para baixo.

[294,7]

Ele gostava de ler seus poemas para mim. Nada de surpreendente. Por vezes, os que ele compunha no *sama* conseguiam me tocar. Eu não os guardei — guardo apenas a grande poesia. Um de seus quartetos falava de um amor que era substituído pelo sangue nas veias, que esvaziava o corpo do apaixonado e o empanturrava com a própria substância do amado. Aquele amor deixava apenas o seu nome para o amado e o transformava por inteiro no ser amado.

Eu o compreendia. Enquanto praticava o *sama* e girava sem parar em volta de mim mesmo, esperava um dia escorrer nas veias de Maulana, esvaziá-lo de si mesmo, empanturrá-lo de mim e não deixar nada dele senão o seu nome.

Aquele Auhad adulava os meninos. Em sua casa, as sessões de *sama* eram praticadas à luz de velas, nos vapores de incenso. Ele tinha um empregado só para cuidar da compra e do fornecimento desses cacarecos. A dança de Auhad mais se parecia com apertos e abraços que com um rodopio divino. Ele puxava os menores para si, rasgava suas túnicas, colava seu torso no torso deles e assim obtinha prazer. Os não iniciados o repreendiam e caçoavam dele.

Certo dia de primavera, ele me levou à beira do Tigre. Na hora da prece, usamos um estribo para descer ao cais e praticar nossas abluções. Uma vez terminada a prece, fomos nos sentar à sombra de uma palmeira. Lá me contou, com alguma presunção, como havia conseguido seduzir, na cidade de Shirvan, um de seus mais belos troféus.

"Quando chego ali", ele me disse, "o sultão coloca o seu escravo Aziz de vigia contra o encanto que eu exerço sobre os jovens. Confiante em si mesmo, Aziz promete ao sultão que me degolará se eu alguma vez tentar cortejá-lo. Ele arranja um punhal, veste roupas majestosas e se introduz no *khaneqah* onde estou praticando o *sama*. Perdido em meus rodopios e cercado de meus meninos, não o vejo chegar. Por fim abro os olhos, olho para ele, em seguida fecho-os de novo. Isso se repete várias vezes até eu sentir que ele já não consegue mais se controlar.

Vou até ele e pego sua mão. Ele grita, cai aos meus pés, entrega-me sua arma, começa a chorar e pede para me servir. Não recuso. Convoco imediatamente um barbeiro, que lhe raspa a cabeça, e visto-o com um velho *kherqeh*. Quando um enviado do sultão chega para buscá-lo, Aziz está na dança, rodeado de efebos. Ele sai do círculo, vai até o emissário e entrega-lhe um tufo de seu cabelo como mensagem para o sultão: 'Vim aqui para matar Auhad, mas foi Auhad quem me matou. Não sou mais o mesmo homem. Esse cabelo é tudo o que resta do outro Aziz!'."

Eu quis saber, da boca do próprio Auhad, o que ele obtinha daqueles jovens. Ele respondeu que contemplava no interior de uma lagoa os reflexos do sol. Se não tinha uma pedra em seu sapato, por que não erguia a cabeça e contemplava o sol bem no meio do céu? "Meu mundo é o dos rostos", acrescentou, "e a contemplação do sentido se faz somente ali, no espelho do rosto".

Eu não o compreendia.

Mas ele fazia questão de me ter por perto, e por muito tempo.

Sob uma única condição, eu lhe disse: que compartilhasse comigo uma taça de vinho e que nós dois juntos a fizéssemos circular no círculo de seus dançarinos. Ele recusou. Apesar dos jovens efebos que o cercavam, ele ainda estava preocupado com a honra, com o que iam dizer. Para ficar comigo, era preciso trocar todos os seus admiradores por uma única taça de vinho.

[218,4]

Ele declinou minha taça de vinho enquanto se agarrava apaixonadamente a seus efebos para acariciar, através da barba nascente deles, o próprio aspecto de Deus. Ele realmente pensava que a beleza divina só podia ser percebida na forma de belos adolescentes.

Tudo me irritava nele, seus jovens, sua mulher, sua filha. Ele tinha como esposa uma escrava, uma peste, e como filha uma megera chamada Fatemeh. Em vez de demonstrar hospitalidade, elas insultavam as visitas e batiam nelas.

Como Ibn Arabi e Nizam, Auhad deve ter tido alguém que o iniciou — um homem jovem e belo —, que se tornou para ele o espelho de Deus. Depois disso, nada mais foi como antes. Ele largou o ensino e se pôs a dançar e a compor.

Eu não gostava do seu modo de viver. Ele agia como uma borboleta, talvez até como um inseto. Mais uma vez, tive de ir embora.

"Parte, estarei contigo por onde quer que possas estar!", ele me disse, um pouco decepcionado, à guisa de adeus.

Lancei-me, justamente, na via perigosa e embrenhei-me numa floresta hostil, desertada até pelos leões. De súbito, o vento soprou, as árvores ululavam e um homem ébrio me interpelou. Segui meu trajeto sem olhar para ele. Ele gritou várias vezes até, finalmente, conseguir me perturbar. Virei-me e fixei-o durante alguns instantes. Sua lança podia rachar uma pedra. Eu não empunhava arma alguma e, no entanto, ele rolou no chão, fazendo sinais com as mãos: "Vai-te embora, não quero nada contigo". [222,5]

Em todos os lugares eu encontrava sheiks, homens notáveis, célebres. Mas fazia pouco caso disso. Queria alguém necessitado, alguém faminto. Eu parecia uma água que [287,16] escorria e clamava por alguém sedento. Parecia também uma água que estagnava, fedia e esperava a maré. Maulana era o sedento, e era também a maré. [142,16]

A partir daquele momento, eu podia me dirigir somente a mim, somente a ele. Maulana era minha *qibla*,[35]

---

35 Direção à qual o fiel muçulmano se volta para rezar, na direção de Meca. (N. T.)

meu eixo, a direção de minha prece. E essa prece ainda devia durar algum tempo.

Eu passava cada hora a imaginar nosso encontro. Eu possuía um Deus vivo. Para que me serviria um deus morto?

Diziam que eu era mão de vaca. Realmente, quando viajava, eu comia e bebia pouco. Por hábito, e não por cálculo, sempre guardava um pedaço de pão-folha em meu alforje e nunca deixava acabar a água do meu cantil. Em casos de escassez de carne, sempre me acontecia de distribuir meu próprio estoque de tâmaras a meus companheiros de estrada.

Eu não cobiçava os bens materiais. O ouro e a fortaleza de um homem que não levasse consigo luz na testa nem sede no peito eram para mim uma poça de bosta.

Eu cobiçava Maulana. Somente ele me bastava.

Eu jamais exigia remuneração. As pessoas se aproximavam de mim para conhecer o caminho até Deus. Eu lhes designava o mais curto: o dom do dinheiro, sabendo que as coisas sérias — lobos e ogros famintos disfarçados de amigos — lá estariam esperando por elas. As pessoas também se aproximavam de mim para evitar os obstáculos. Eu conhecia melhor que qualquer um as aberturas, os acessos, os atalhos. Mostrava-os a eles, sem parcimônia. Se, em retribuição, eles me davam alguns dinares, eu não os recusava.

Minha existência era igual a uma alquimia que teria se dado sem o cobre. Situado ali, bem de frente, eu transformava qualquer metal em ouro.

Eu falava a linguagem da joia. Maulana era o mergulhador, eu era o comerciante, e a pérola, a mercadoria.

As pessoas se indagavam sobre a minha santidade. Mas em que a minha santidade ou os meus defeitos seriam da conta delas? Isso me lembra Nasrudin.[36] Um dia, alguém lhe sugeriu que ele seguisse uma bandeja de comida em todo seu caminho. Ele respondeu: "Isso não é da minha conta". A pessoa especificou que os pratos se dirigiam à casa do próprio Nasrudin. Este completou dizendo: "Isso não é da tua conta". [121,9]

Digo o mesmo. Se sou santo ou não, isso não era da conta de ninguém.

As paisagens se transformavam, as cidades mudavam, os homens permaneciam semelhantes. Em qualquer lugar, a mesma lenga-lenga. Lamentavam que eu não lhes mostrasse nenhuma porta, abertura nenhuma, desfecho algum. Mas quem vinha até mim encontrava por si só o desfecho. Um zoroastriano viera. Um cristão também. Já os muçulmanos não vinham. E eles não deviam, entretanto, se contentar com o islã. É dever do muçulmano tornar-se infiel, e dever do infiel agir como muçulmano.

Eu falava para essas pessoas se dirigirem aos lugares de perdição e observarem as mulheres infelizes e malditas. Boas ou ruins, todas elas eram criaturas de Deus. Eu falava para observarem-nas com os olhos da ternura e deixarem rolar uma lágrima sobre os tormentos delas. Eu as encorajava a tratar um sheik que estivesse se empanturrando em um lugar de perdição exatamente da mesma maneira que tratariam um outro que estivesse rezando na mesquita.

Caso se recusassem, caso se confessassem incapazes desse sentimento, eu simplesmente dizia para considera-

---

36 Nasrudin Juha é um personagem popular, nascido no século XIII, em Konya (atual Turquia). Bobo e brilhante, as famosas anedotas e sátiras a seu respeito transcenderam o continente asiático. (N. T.)

rem a presença de um sheik em algum lugar de perdição como um mistério que lhes escapava. Eu sabia que era pedir demais. Nenhuma daquelas pessoas tinha coragem de enxergar com os mesmos olhos um sheik em algum lugar de perdição, na reza, na Kaaba e no paraíso.

E ninguém ousava fazê-lo. Salvo Maulana, que acolhia, ele sim, as mulheres de moral duvidosa. Fiquei sabendo que, um dia, num caravançarai, uma belíssima prostituta e seu séquito vieram se jogar aos seus pés. Ele as parabenizou por sua paciência de suportar um fardo daqueles e comparou a líder delas a Rabia, à santa Rabia.[37] Um sheik levantou a voz, reprimindo-o por associar o nome da grande asceta a uma vadia. "Essa mulher se mostra transparente", respondeu Maulana. "Ela se apresenta tal como é, sem hipocrisia. Tu, se fores homem, faze o que é preciso para que o teu exterior tenha a mesma cor que o teu interior!"

Eu também dizia para os muçulmanos frequentarem as igrejas e observarem os cristãos que nos cercavam. À margem oeste do Tigre, encontravam-se justamente um grande monastério e uma cidade de maioria infiel.

Eu ia de um lugar de perdição a uma igreja.

Era alegre enquanto herético, enquanto infiel. Enquanto muçulmano, era-o muito menos. Por toda parte cruzava com infiéis, pessoas que não se pareciam comigo e que falavam outras línguas. Eu as amava. Apresentavam-se de cara como descrentes e hostis. Aqueles que tinham pretensão de ser meus amigos eu evitava.

---

37   Rabia Al-Adawiyya (*c.* 714-801), poeta mística cuja obra Ibn Arabi evoca em *As iluminações de Meca*.

Na estrada, enquanto passeava pelos corredores de um velho palácio, cruzei com um homem que impediu minha passagem, repreendendo-me por não tê-lo reconhecido. Quem ele estava achando que era? Eu não me lembrava nem da minha cara nem da minha barba. Por que deveria então me interessar pela vida dele? Ele havia imaginado algo e sofria com aquilo. Aquela imaginação engendrara uma outra imaginação, e uma outra, e mais outra, a ponto de exigir um reconhecimento em qualquer lugar, até mesmo num palácio semiabandonado, jazendo sobre catacumbas, cercado por um longo fosso ressecado. [267.17]

Aquela mente simples lia sua própria página. Não lia a folha do amigo, do outro. Se tivesse lido uma única linha dessas, não teria dito nada do tipo. Em sua própria folha, as linhas pareciam desviadas, escuras e estéreis. Ele modelara um ídolo do qual se tornara escravo. [98,17]

Disse a ele que não me preocupava nem sequer com os eleitos. Quem eram eles? O que eu tinha a ver com eles? Eu mesmo era um eleito. Alguns liam o versículo do Trono à cabeceira dos doentes. Outros eram, eles próprios, o versículo do Trono. Alguns pediam proteção. Outros eram a própria proteção. [620,22]

O tratado de Muhammad não me interessava em absoluto. Eu precisava do meu próprio tratado. Lesse eu mil tratados, tornar-me-ia ainda mais obscuro. As pessoas não captavam os segredos de quem era íntimo de Deus, mas estudavam seus livros. Simplesmente supunham certas coisas e condenavam os autores por elas, mas não eram muito de criticar a si mesmas. Jamais diziam que a profanação e o erro se escoravam em sua própria ignorância, em sua própria imaginação, e não naqueles livros. [270.22]

Na hora de me abandonar, o intruso não pensou duas vezes antes de sair correndo e foi-se embora rapidinho.

Mais ao norte, o emir de Mossul me convidou para ir à sua cidade. Assenti. Eu não tinha nada a perder. Mas os simples pregadores deviam se abster disso. Deus tem servos que atravessam não apenas lagos e rios, mas também oceanos, sem molhar suas vestimentas. Esses pregadores não faziam parte dos privilegiados que não se molhavam, e sim dos infelizes que se afogavam. Incomodavam os emires. Esses bandidos da religião ocultavam, com suas palavras, a qualidade de certos governadores.

O emir me hospedou em seu palácio e cobriu minhas despesas ao longo de toda a minha estadia. Ele montava a cavalo, cercado por suas tropas, e concedia audiência, toda manhã e toda noite, a todas as grandes figuras de sua cidade.

Na corte desse emir, conheci um tocador de flauta *ney* que chorava o seu irmão, assassinado pelos mongóis na batalha de Köse-Dagh.[38] Longe de acalmá-lo, os pregadores só espalhavam sal em sua ferida. Chamei-o de lado. Se ele era músico de verdade, deveria reconhecer que, ao estripar seu irmão, o mongol o tornara eternamente vivo. O que sabiam aqueles pregadores "mortos" daquela outra vida? Um prisioneiro havia escapado de sua cela; seria preciso chorar por seu destino? Os mongóis haviam arrombado a prisão; seria preciso compadecer-se da muralha, da pedra, do mármore? Os mongóis haviam destroçado o grilhão que imobilizava os pés; seria preciso lamentar-se sobre os pedaços de madeira? Alguém havia rachado um tumor e extraído o miasma; seria preciso deplorar as centelhas?

Enxuguei suas lágrimas com a manga da minha camisa.

---

38 Batalha travada em 1243, na área que compreende Sivas e Erzinjane (atual nordeste da Turquia), entre o sultanato de Rum (dinastia Seljúcida) e o Império Mongol. A violenta derrocada do exército seljúcida resultou no declínio do sultanato.

Outro dia, eu o convidei para um passeio pelos arredores da cidade. Deixamos o palácio do emir beirando o Tigre e paramos de frente para uma mesquita, cercada de balaustradas de ferro e de bancos predominando sobre o rio. Ali nos colocamos e, com o olhar fixo no curso d'água, eu me pus a falar sobre um sheik que organizava cerimônias de lamento nas quais chorava pela paixão dos descendentes do Profeta. Quanto a mim, era pelo sheik que lacrimejava. Se ele fosse um pouquinho lúcido, teria chorado por si mesmo, e não pela carne e pelo sangue do Enviado de Deus.

Uma barca atravessava serenamente o rio; o sol não tardava a se pôr e um leve sorriso despontava no rosto do tocador de *ney*. Nada nos faltava. Eu tinha a estrada pela frente e ele mantinha esperanças de recuperar seu instrumento.

A vida no palácio logo começou a me exasperar e decidi partir de novo. Mas, antes, o emir exigiu um último conselho. Contei-lhe a história do rei que impusera ao seu vizir falar apenas quando fosse interrogado e responder apenas às perguntas que lhe fossem feitas. Um candidato se apresentou. O rei perguntou se ele era casado. O homem respondeu que era casado e tinha dois filhos. Foi mandado embora imediatamente. O emir quis saber a data da minha partida. Eu disse simplesmente: "Amanhã".

Os mongóis avançavam como relâmpagos. Haviam tomado Erzurum, Sivas e Kayseri. Eu encontrava sobreviventes por toda parte. Eles não se pareciam com nada, como se tivessem vindo de outro mundo, e, no entanto, a batalha havia acontecido a uns sessenta *farsangs*[39] de nossa estrada.

---

39  Antiga unidade de medida persa, que corresponde a 5,7 km.

Detive-me em Larendah[40] para pregar uma vez ou outra. Lancei uma flama e me fui, sem me interessar por quem eu deixava abrasado ou indiferente.

Um dia, um deles avançou até mim e me interpelou: "És tu que alegas ser fogo? És tu quem quer atear fogo aos queimados do universo?".

Não respondi. Sua arrogância superava a minha.

"Teu nome é Shams, não é?"

Assenti com a cabeça. Ele continuou: "E o que sabes disso, da queimadura? Alguma vez já olhaste para a tua mão ou para a ponta de um dos teus dedos, nem que fosse por alguns instantes, dentro do fogo? Alguma vez já assististe a uma cremação?".

Disse que não. Ele prosseguiu: "Cheguei a Kayseri pouco tempo depois do incêndio da cidade provocado pelos mongóis. Em algumas horas a chama havia destruído tudo. Caminhei sobre as cinzas da minha escola, pisei em tíbias, recolhi um tufo de cabelo, um naco de tecido, um caco de vidro. Não distinguia mais nada. Até os cadáveres estavam irreconhecíveis. Avancei, precedido de chacais mutilados. Mas em que rua? Acabei localizando a mesquita. Entrei. Corpos jaziam no pátio interno e nos nichos. Já não havia diferença alguma entre pedras e homens. Todos estavam mutilados, sem cor. Por baixo de tecidos grosseiros escondiam-se cabeças sem nariz, braços pela metade, abreviações de pernas, órgãos ao léu. Vi os batimentos de um coração, as rugas de um estômago, os sulcos de um cérebro. Em seguida, subitamente, olhos e uma boca que sorriam para mim. Meu irmão. Mãos prestativas o haviam embrulhado em um lençol. Parecia um pacote, um fardo alongado. Trouxe-lhe água e dei-lhe de beber, gota a gota. Desde quando ele estava ali? Ele não sabia. Tentava simplesmente ficar inconsciente, não

---

40  Atualmente Karaman, na Turquia.

acordar. Em seus sonhos, ainda caminhava e agarrava objetos. Onde estavam suas mãos agora? E seu passado, sua esposa, seus filhos?"

Eu não tinha mais coragem de afirmar, como havia feito na corte do emir de Mossul, que os mongóis haviam "arrombado a prisão e destroçado o grilhão". Um único homem derramava sobre mim o sofrimento de todas as criaturas.

"Ó, Shams, como ainda ousas falar do fogo, tu que da combustão conheces apenas seu efeito sobre os sentimentos e a poesia?"

Naquele momento, se ele tivesse me pedido para segui-lo, eu teria dito sim. Ele havia tocado meu coração profundo. Não respondi. Por mais que me acusasse, suas palavras caíam perfeitamente.

Ele voltou a falar: "Rocei a tela que cobria o corpo do meu irmão. Ela havia aderido à sua pele. Esperar sua morte, sua cura? Ele pensava que se reerguia, cedinho, como o minarete, a coluna, o edifício. Até lá, só deveria suportar o odor de grelhado e de espeto carbonizado. Ele não tinha nariz. Como conseguia ainda sentir cheiro? Mexia os braços, quase com ares de orgulho".

O homem segurava um bastão na mão. Aproximou-o das minhas pernas e acrescentou: "Eu não tinha coragem de olhar para as pernas do meu irmão. As tuas estão bem de pé. Mas uma das pernas dele parecia mais curta, seccionada na altura do joelho. Quando ouviu o fogo, meu irmão estava dentro de casa. O barulho precedia o calor. Uma vez lá fora, foi pego pela fumaça, pela chama, pela poeira. As pessoas corriam, tudo estava cinza. 'Quem disse que o fogo é vermelho?', meu irmão me perguntou".

O homem não esperava resposta alguma. Eu gostaria de ter falado do ouro na forja, da cor ouro-avermelhada do fogo e da aliança deles.

Mas me abstive. Não falávamos a mesma língua. Ele se expressava em carnificina, e eu, em palavras. Depois, tateou meu corpo com a ponta de seu bastão, acrescentando: "Coloquei meu irmão em uma padiola e deixei a cidade. Seus olhos fitavam os meus. Encorajavam-me a seguir em frente. Mas para onde? A padiola tinha se tornado sua casa, sua cama, seu cavalo, seu caravançarai, suas asas. Cruzei com sobreviventes que fugiam famintos, perturbados. As garotinhas vendiam o corpo. Os velhos tocavam tamborim. Os jovens imploravam a Deus. As raras mulheres mostravam os seios e velavam seus rostos. O mundo ao avesso. Quando meu irmão passava na frente deles, levantava os braços e os cumprimentava. Um dia, quando eu avançava em direção ao leste e o sol me ofuscava, parei à beira de um riacho. O ar estava fresco, as árvores pareciam acolhedoras. O lugar me convidava ao repouso. Assentei a padiola à sombra de um carvalho. Ao acariciar meu irmão, vi que os olhos dele, que nunca haviam parado de sorrir, estavam fechados. Chamei-o. Nada. Toquei em seu coração através do lençol. Nada. Nenhum retorno. Ele estava gelado, morto havia algumas horas, em sua padiola, seu rabecão".

Com o bastão na mão, ele começou a golpear a si mesmo, enquanto me dizia: "Antes do incêndio, eu o visitava muito pouco. Ele era falastrão. Contava histórias sobre os tempos antigos, as velhas guerras. E não conseguia parar. Daí, ninguém o escutava. Agora estou tentando me lembrar de suas palavras. Não tem como. Só lembro que ele falava com os dentes cerrados, a boca quase fechada".

Depois, reergueu o bastão à altura do meu rosto e me perguntou: "Tu, que alegas ser feito de fogo, de que te vanglorias?".

Eu quis pegar seu bastão e, como Moisés, abrir as marés, fazer cair granizo, transformar a água do Nilo em sangue ou somente ressuscitar o irmão dele.

Mas eu detestava os poderes sobrenaturais. Parti.

Não me misturava com ninguém. Em dezesseis anos, trocara apenas um cumprimento com Maulana, e, no entanto, se eu fizesse o mundo inteiro passar por uma peneira, não encontraria outro como ele.

Quanto mais me aproximava de Konya, onde ele vivia, mais ouvia falar dele, de sua majestade, sua luz, sua autoridade, suas aulas frequentadas pelo sultão e pelos vizires. Eu era o único que sabia que essa majestade e essa luz eram vãs, que sua fé e seu ensino estavam alterados, desviados. Corria o rumor de que ele merecia ser escoltado por cinquenta eleitos de Deus. Mas quem, neste mundo que mais se assemelha a um depósito de imundícies, poderia reconhecer os eleitos de Deus? E por que todos eles seguiriam Maulana cegamente?

Todos o viam como um homem realizado. Estavam todos enganados. A descoberta deles, sua fonte de confiança, alegria e embriaguez se compunham de chamas, e do inferno também. Eles deveriam sondar as profundezas e ultrapassá-las. Mas eram incapazes disso.

Eu ignorava as gentes do vulgo. Minha vinda a este mundo não lhes dizia respeito. Ela implicava os verdadeiros guias. Eu viera desbravar as veias deles. Viera libertar Maulana das garras de uma tribo dissonante. Não podia mais esperar. Sabia que ele estava realmente em perigo.

Eu atravessara as montanhas, os rios, os desertos e as cidades. Parecia aquela concha que encerrava uma pérola e viajava mundo afora, cruzando com outras conchas, todas desprovidas de pérola. Um dia, porém, ela encontrou uma pérola única, incomparável. Olhou para si mesma: não passava de uma lasca de cerâmica.

A lasca de cerâmica era eu, e Maulana era a pérola única.

Dezesseis anos haviam se passado desde o nosso encontro em Damasco. Agora ele estava ao meu alcance. Mas era preciso enfrentar seu círculo, aqueles que haviam abandonado sua casa e seguido sua família até Konya, aqueles que se nutriam de cada palavra sua e o consideravam o mestre dos mestres. Era preciso também esvaziá-lo de si mesmo, de seu pai, de seus alunos, de seu saber. Era esse o meu objetivo. O resto não me interessava. O afeto ou a hostilidade dos outros pouco me importava.

Dirigi-me a Konya, cidade milagrosamente poupada da ferocidade dos mongóis. Corria o rumor de que a presença de Maulana naquela cidade agia como um escudo mágico, uma carapaça sobrenatural. Eu tinha minhas dúvidas quanto a isso. Nem Baydu nem seus homens o conheciam. Seu nome não dizia nada para eles, e em nenhum caso podiam temê-lo ou respeitá-lo. Os mongóis vinham das estepes, sabiam guerrear e montar a cavalo. Só isso. Segundo outro rumor, Maulana havia proclamado solenemente que, enquanto os ossos de seu pai, de seus filhos, de seus sucessores e de seus amigos lá repousassem, a cidade seria preservada do declínio, da cavalaria estrangeira, do sabre do inimigo, do sangue, da ruína e do despovoamento.

A preservação de Konya se devia, na verdade, à iniciativa de um vizir que havia ido fechar um tratado de vassalagem diretamente com o chefe mongol antes que Konya fosse devastada como as outras cidades da Anatólia. O estabelecimento daquele protetorado permitiu então que o sultão, em fuga, regressasse a Konya e recuperasse — sob supervisão — seu trono e sua coroa. Eis a verdade. Portanto, a cidade parecia radiante e serena. Tudo funcionava perfeitamente. A administração, o exército, a vida religiosa. Cristãos e muçulmanos vivendo em harmonia. Eu gostava dessa mistura.

Quando cheguei a Konya, desci ao caravançarai dos mercadores de arroz. De novo apresentei-me como comerciante. Mas, dessa vez, minha mercadoria era completamente diferente e eu já conhecia o meu cliente. Conhecia seu nome, sua casa e sua profissão. Depois de seus cursos, eu sabia que ele iria parar numa taberna e conversaria com seus discípulos.

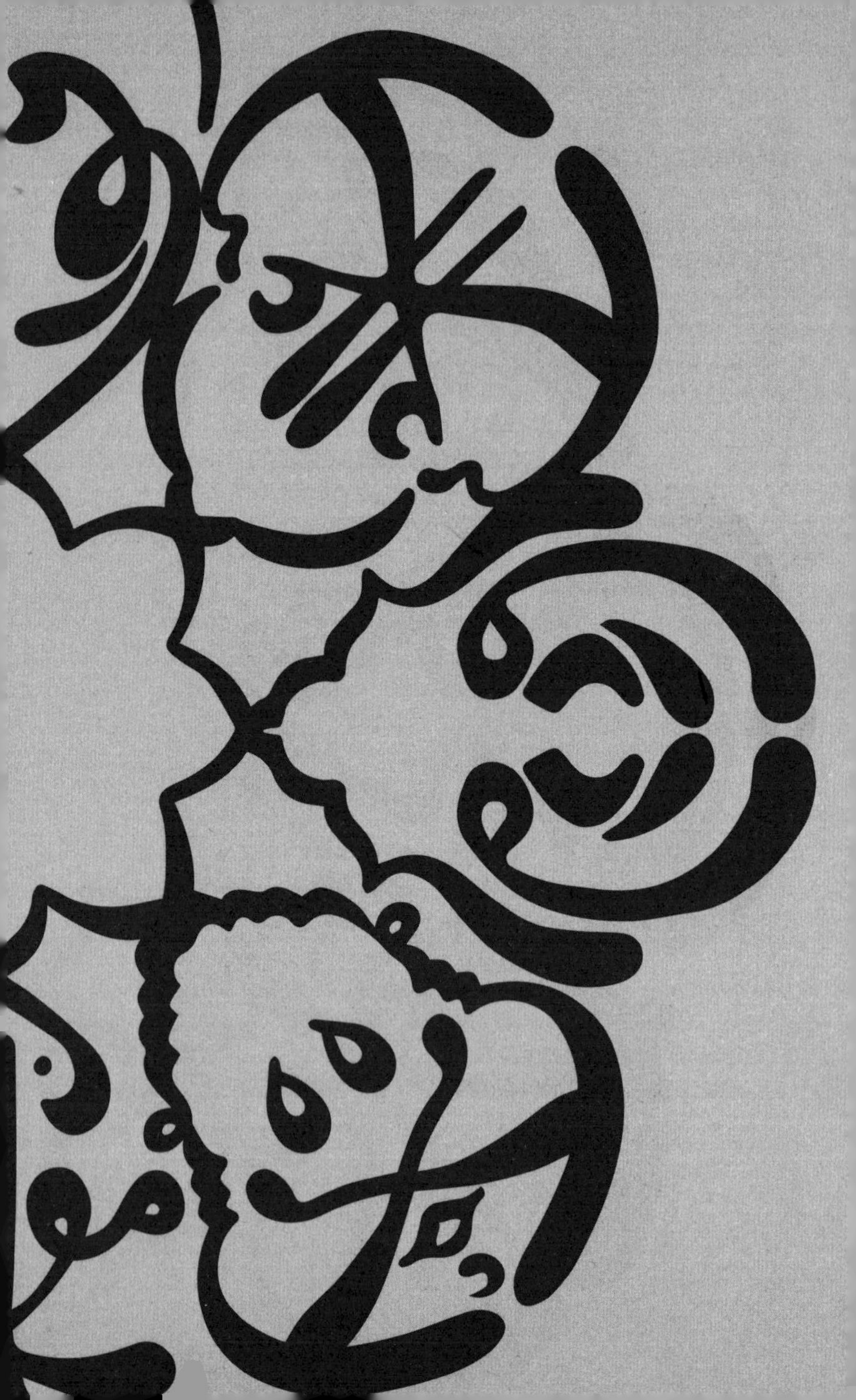

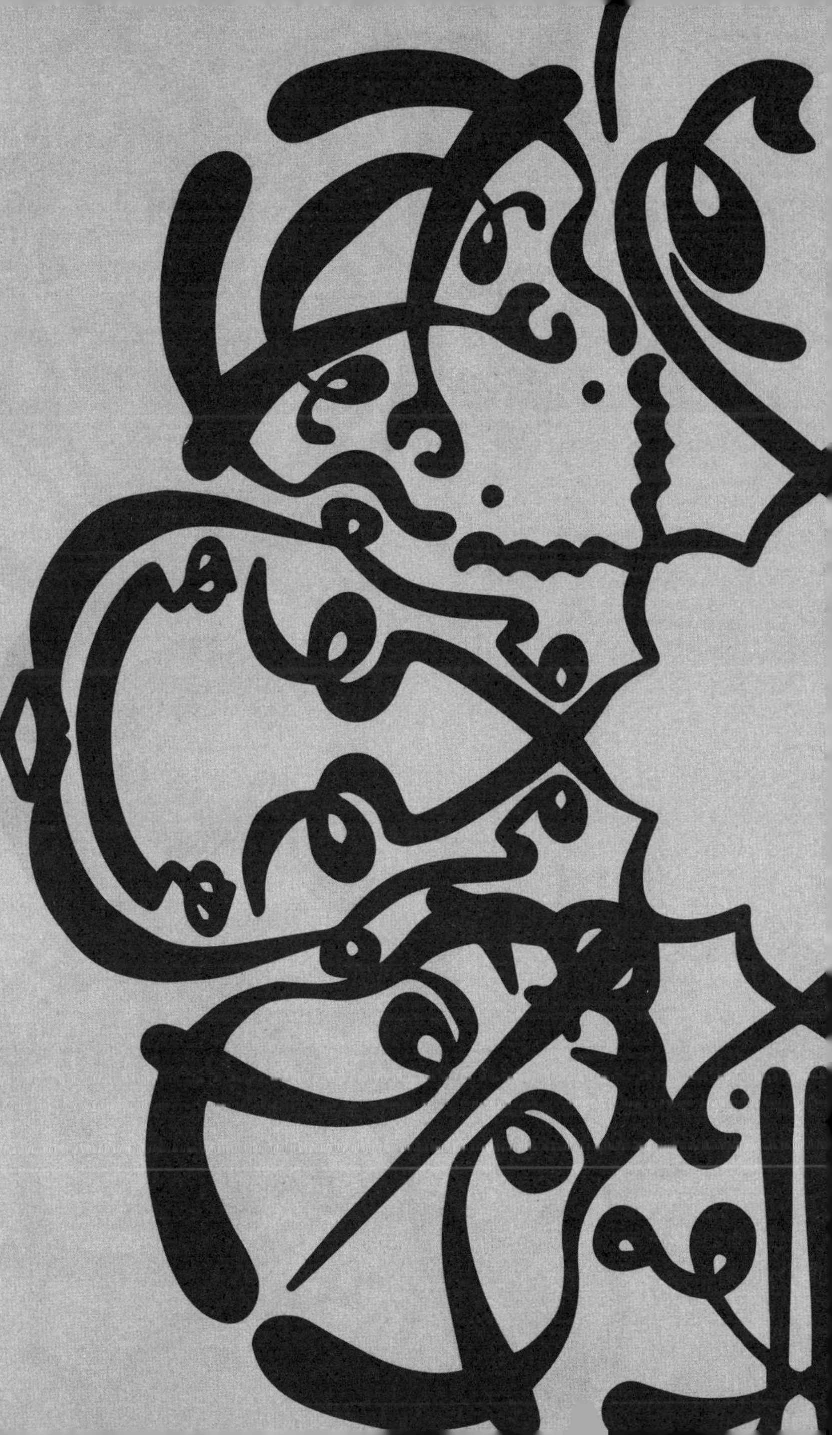

# A PAR

76

ERA UM SÁBADO, O VIGÉSIMO SEXTO DIA DO MÊS JUMADA AL-AKHIR DO ANO DE 642.[41] EU ME LEMBRO DA DATA EXATA E DO DIA DA SEMANA. EXECRO AS CRONOLOGIAS, AS CLASSIFICAÇÕES, AS PRECISÕES. NADA DISSO É PARA MIM.

---

41 No calendário gregoriano, 9 de novembro de 1244.

Não sou historiador, nem geógrafo. Mas aquela data, sábado, 26 de Jumada Al-Akhir de 642, foi a aurora da minha verdadeira vida.

É costume o pai registrá-la na primeira página do Alcorão. Já eu a inscrevi no meu coração. É a única data que importa para mim, é a minha hégira.[42]

Naquele sábado, 26 de Jumada Al-Akhir de 642, fui até Maulana e o interpelei com estas palavras: "Na tua opinião, quem foi o maior, Bayazid al-Bastami[43] ou Muhammad?".

Maulana levantou os olhos, encarou-me e disse, certeiro: "Muhammad!".

Prossegui: "Então por que, apesar de toda a sua grandeza, o Profeta disse que não conhecera Deus como teria merecido? Ao passo que Bayazid disse: 'Glória a mim!' em vez de dizer: 'Glória a Ti!'?".

Eu não esperava resposta alguma. Naquele exato momento, queria chacoalhá-lo, colocá-lo de frente para si mesmo.

Sabia que, neste mundo, existia um ser a ser buscado, um objetivo. A primeira pessoa que vinha procurá-lo não chegava até o ser a ser buscado, salvo se este assim desejasse e se desvelasse para ele. Então, ela virava as costas para este mundo e para o outro, inclusive mais sutil, e para todo o seu saber. Abandonava tudo. Quando, pronta e sedenta, ela encontrava o buscado, a união se operava imediatamente. Por si só.

---

42 Início do calendário islâmico, marcado pela imigração de Maomé de Meca a Medina no ano de 622 d.C. (N. T.)

43 Bayazid al-Bastami (c. 804-874 ou 77/8) foi um líder religioso persa sufi. Conhecido por sua franqueza de expressão sobre assuntos como visões místicas e estado de embriaguez, foi acusado de heresia. (N. T.)

Maulana era quem buscava, e eu, o buscado; ou o contrário. De todo modo, a união se operara. A partir daquele momento, nós dois nos encontrávamos naquilo que o poeta Attar definia como o vale da busca.

Durante dezesseis anos eu havia aguardado e imaginado aquele momento. Parecia um homem faminto que rejeitava qualquer tipo de alimento, à espera de um único prato. Às vezes, eu ficava em dúvida. Ele merecia essa longa esperança? E se, depois de tantas peregrinações, ele me decepcionasse? Então eu afastava violentamente as sombras como Shams de Tabriz teria feito com os frágeis, os titubeantes, os átonos, os incolores. Como se meu temperamento fosse um conceito ao qual eu pudesse recorrer, a cada instante, para me recompor e me estimular.

Naquele dia, olhos nos olhos, perguntas, respostas, tudo se tornava evidente. Eu não havia me enganado. Hoje posso dizer que, mesmo se ele tivesse respondido de outra maneira, nada teria mudado. Ele era profundamente solitário. E eu era o amigo dos homens sem amigos.

"Estende a tua mão para eu apertá-la!", ele me disse, ou fui eu quem disse isso a ele? No fundo, que diferença faria? Nós íamos nos tornar uma única e mesma pessoa.

[318,2]

Não posso falar por ele. Mas ele deve ter visto em mim a mão que abria sua jaula. A fama era uma jaula. O saber era uma prisão, e Maulana, o detento.

Eu era a chave, o libertador.

Sem titubear, ele mandou que minhas coisas fossem transportadas do caravançarai para um dos cômodos de sua casa, onde nos fechamos por algum tempo; um segundo, quarenta dias, três meses? Não faço ideia. Só sei que a união dura um segundo, e a separação, anos.

O objetivo de qualquer existência é a união de dois amigos, o cara a cara de ambos no caminho de Deus, longe de qualquer capricho. Eu não desejava o pão nem

[628,19] o padeiro, o açougue nem o açougueiro. Desejava apenas esse instante em que repousava, bem perto dele.

União, mas sob certas condições. A primeira: viveríamos sem hipocrisia, como se um e o outro estivessem sozinhos, cada qual no seu canto. Eu queria ter a liberdade
[779,4] de ir à latrina e peidar como bem entendesse.

Segunda condição: Maulana não me trataria nem
[777,16] como mestre, nem como discípulo. O caminho que eu lhe propunha se encontrava em outro lugar.

Terceira condição: ele se desfaria de seu presente e de seu passado; mas também de seu conhecimento, a menos que se impregnasse inteiramente dele e se tor-
[227,10] nasse enfim ignorante. Maulana deveria se submeter a provações, aceitar inversões, rejeitar o reinado, perder a propriedade, abandonar os outros, lavar seu coração, esquecer o conhecimento das coisas.

Ele aceitou todas essas condições.


Pouco tempo após o nosso encontro, o governador da cidade veio visitá-lo e pediu autorização para construir uma cúpula e uma abóbada prodigiosas acima do túmulo de seu pai. Maulana olhou para mim por alguns segundos e respondeu, sem titubear, que o governador deveria se contentar com a cúpula azul do céu! Se eu não estivesse ali, teria ele rejeitado o memorial destinado a homenagear seu pai? Não faço ideia. Eu não praticava o culto aos antepassados. Não tinha intenção alguma de erigir um monumento para eles e obrigar as pessoas a lhes dedicarem um culto, enquanto eu mesmo os havia evitado.

Eu tinha resposta para tudo, não pulava de um assunto para outro, não evitava as dificuldades. Para cada
[186,10] questão eu trazia dez respostas inéditas. Tudo isso ele via. Ele sabia que eu lhe bastava. Portanto, dispersou as obras paternas. Disse-me: "Desde que te conheço, esses
[186,13] livros já não têm sabor nenhum".

Não estava mentindo.

Logo meu poder sobre ele era total. Se eu lhe tivesse ordenado, ele teria até expulsado seus filhos da cidade. A propósito, para demonstrar a mudança operada dentro de si, barbeou-se e passou a usar apenas vestimentas de cores escuras.

Aquele homem, que se mostraria ciumento até mesmo se o anjo Gabriel porventura olhasse para a sua esposa, me autorizou a frequentá-la e me hospedou em sua intimidade. Sentou-se ao meu lado como um filho que espera um pedaço de pão.

Aquele homem, que me superava sob todos os pontos de vista, prosternou-se diante de mim mais de cem vezes. Nem uma vez sequer deixei de retribuir sua prostração. Deus me designara para beijar seu rosto. Ibn Arabi, homem que buscava a Verdade, esperava a mesma coisa, um simples beijo de lealdade. Mas isso não aconteceu.

Ninguém conseguia me abalar. Se eu estivesse alegre, a tristeza do mundo me era indiferente. Se estivesse triste, a aflição dos outros não me tocava.

Por que eu deveria entristecer o coração, que é maior, mais espaçoso, mais sutil e mais claro que o céu e as esferas celestes? Por que deveria transformar a vida mansa em exígua prisão? Por que deveria tecer em volta de minha própria natureza, como um bicho-da-seda, uma teia de pensamentos ruins e de imagens reprováveis? Por que deveria me deixar aprisionar e sufocar ali?

Eu transformava a prisão em pradaria.

Eu vinha sempre acompanhado de uma boa notícia. Quem era apenas alegre e não vivenciava aquela boa notícia me preocupava. Se usasse coroa de ouro, eu recomendava que se livrasse dela e buscasse uma abertura interior. Quando eu era pequeno, perguntavam-me a razão de minha tristeza; faltava-me uma roupa, dinheiro? Não, nada disso. Pelo contrário. Desejava que tomassem de mim o pouco que eu possuía.

A boa notícia que vinha comigo inspirava Maulana. Ele dizia, em versos, que o enamorado largava a tristeza, participava das farras, abandonava o barco, tornava-se oceano. Dizia que o enamorado rejeitava as curvas dos sonhos e se agarrava à cabeleira do sonhador.

No vale onde eu fazia Maulana voar, já não havia mais nem religiosos nem infiéis, nem bem nem mal, nem dúvida nem certeza, nem ontem nem amanhã. Lá, o enamorado gozava só do presente. Lá, a prudência e a esperança fugiam como ladrões. Lá, o amor era o fogo e a razão, a fumaça. Diante do amor, a razão saía correndo.

Submetendo-se a mim, Maulana dispensou a razão, expulsou a tristeza, integrou a alegria.

As palavras de ordem daquele período: alegria, empolgação, euforia. Lembro-me do belo rosto de Maulana, sempre um pouco amarelo, sorrindo eternamente. Ele inclinava a cabeça como quem se desculpa e se comparava a uma flor que ria, incapaz de chorar. Comparava o seu coração a uma casa de tolerância, nunca de tristeza, e o amargor, à peste da qual era preciso fugir.

Ele se expressava cada vez mais em poesia. Eu lhe respondia com palavras. Aquelas trocas eram imediatamente compiladas, fosse por seu filho Baha,[44] fosse por seu secretário Hosam.[45] Um dia, outras pessoas as lerão. Tomara que nos associem à alegria, e nunca à tristeza delas.

Quando eu via um ou outro, já preparado para tomar notas, falava mais devagar e me dirigia diretamente a ele.

---

44  Baha Al-Din, conhecido pelo nome de Soltan Walad (1226-1312), é o autor de *Ebtedah name*, a mais antiga biografia de Maulana.

45  Hosam Al-Din Tchalabi (*c.* 1226-1284). Tendo sucedido Salah Al-Din Zarkub (ver nota 50, p. 87), ao lado de Maulana, foi o iniciador e escriba do *Masnavi*, a maior obra de Maulana.

"Um homem de caráter aberto, de palavra aberta, de humor aberto te livrará da estreiteza do universo e descontrairá teu próprio coração. Por outro lado, aquele cuja palavra cheia à exiguidade, ao fechamento, à frieza, te tornará frio, tão glacial quanto o outro que te inflamara. Ele é o Satã. Ele é o próprio inferno. Meu filho! Se captas esse mistério, não precisarás de sheik algum." [713,14]

Eu tinha um pacto com a alegria para que ela não me abandonasse.

Não me lembro exatamente dos versos de Maulana, mas diziam, em essência, que era preciso evitar quem não se misturasse com a alegria, que era preciso fugir a largos passos de quem franzia o cenho, e que, na proximidade de alguém que busca, você se tornava buscador. À sombra dos vencedores, tornava-se vencedor. E se uma formiga quisesse se tornar Salomão, era preciso olhar não para a sua fraqueza, mas para o ardor de sua busca.

Era exatamente o que eu dizia. O homem adotava o caráter daquele que frequentava, daquele ao lado de quem se sentava. Quem olhava para a montanha se endurecia. Quem olhava para a grama e para a flor se refrescava. O companheiro absorvia seu amigo em seu próprio mundo. [108,25]

Nossas mentes tocavam a mesma partitura.

Mas, ao nosso redor, o desacorde se fazia ouvir. O carneiro enxergava sua cabeça, que valia um tostão furado, e não enxergava a gordura de sua cauda, seu verdadeiro capital. Aqueles homens ignorantes, o círculo de Maulana, haviam abandonado o essencial e integrado o acessório. Ali ou em outro lugar, rechaçavam a alegria e adoravam a tristeza. Aquela existência, o orgulho deles, era apenas remorso, uma torrente escura que passava secando os brotos. A alegria, minha sócia, era um curso de água pura que os despertava. [195,12]

Maulana dizia que já não podia disfarçar o riso. Sem rir, as partículas não seguiriam crescendo. Sem rir, o ser não brotaria do nada.

Seu coração abrigava uma pradaria, uma roseira, e rejeitava a velhice, o murchar. Maulana se pavoneava ligeiramente e anunciava em versos que estava o tempo todo fresco, jovem, delicado e grácil. De maneira mais séria, dizia que para ele, para mim, uma hora e cem anos, o longo e o curto, pareciam idênticos. A matéria podia ser contada e medida, mas o espírito, não.

A alegria e a leveza não convinham aos muçulmanos. Eles não apreciavam as palavras de libertação. Gostavam de escutar as narrativas sombrias do inferno. E eu lhes contava umas bem terríveis. Azar o deles.

Foi na mesma época que ensinei a Maulana o *sama*. Dessa dança espiritual ele só conhecia os movimentos da mão, ou seja, nada. Porém, sua mãe, Kera — assim me foi dito —, amava a música e organizava sessões de rodopios em sua casa, em Samarcanda, quando seu primeiro marido era vivo.

Também o familiarizei com o *daf*.[46] Ele se afeiçoou tanto a esse instrumento que recomendou aos companheiros que o tocassem sobre seu próprio túmulo, dançando. No banquete de Deus, a tristeza não era permitida.

A transformação foi total.

Aquele homem, que ensinava aos sultões e aos vizires, subitamente para de dar aulas e se põe a dançar comigo. As pessoas olhavam pasmadas para nós. Conheciam o *sama*, mas não esperavam ver o seu mestre praticá-lo debaixo de seu próprio teto.

---

46   Instrumento de percussão semelhante ao tambor de armação. (N. T.)

Alguns temerários tentaram imitar Maulana, mas se movimentavam em todos os sentidos. Eu olhava para eles, ria e pensava nos diferentes movimentos do *sama*: o primeiro engendrado pela tortura e pelo bastão; o segundo, por um passeio em uma pradaria de tulipas, junquilhos e perfumes. Eu me perguntava de onde vinha o movimento deles.

Um dia, estávamos praticando o *sama* quando alguém se introduziu na sala e anunciou, com grande alvoroço, que o *mufti*[47] havia proibido aquela dança. Parei de girar. O *mufti* estava certíssimo, eu lhe disse. Pois a mão que se elevava, sem êxtase, merecia o fogo do inferno. Ela inclusive configurava blasfêmia. Existia também um *sama* lícito, praticado pelos ascetas, que os enternecia e os fazia chorar. O terceiro *sama*, o dos extáticos, era uma obrigação, da mesma forma que as cinco orações, o jejum, a água e o pão. Esse *sama* ajudava o místico a viver.

Ele me perguntou se eu havia chegado até Deus através da dança. Assenti com a cabeça e disse: "Dança, tu também, que chegarás a Deus!". Ele olhou para os instrumentos musicais — *daf*, *ney* —, os sapatos amontoados uns sobre os outros, ouviu os companheiros arfarem e calou-se.

"Cada um descreve seu próprio estado e alega falar em nome de Deus", acrescentei. Depois, puxei Maulana pela túnica e nos lançamos nos rodopios. Com a palma da mão direita levantada para o céu, a da esquerda olhando para a terra, ele girava ao redor de si mesmo e bem ao meu redor. Ouvi-o salmodiar sua própria prece, em persa:

> *Até o fim da noite*
> *Tu és meu, tu és meu,*
> *És meu, tu, estrangeiro*
> *Estrangeiro, donde vens?*

---

47 Acadêmico islâmico que estuda a lei e tem o poder de emitir *fatwas* ou pronunciamentos legais. (N. T.)

*Donde vens? Dize-me!*
*Donde? E quem é teu companheiro?*
*Teu companheiro? Estás*
*Com Deus, com Deus, com Deus.*

Em outro dia, Maulana disse, a respeito do som do violino, que era o barulho da porta do paraíso rangendo. Um tal de Sharaf, mais um idiota do grupo, protestou e afirmou que não era nada daquilo. "O que ouvimos", acrescentou Maulana, "é o barulho daquela porta abrindo, e o que Sharaf ouve é o barulho dela fechando."

Continuou: "A meia-noite de Sharaf é o anúncio de minha aurora de alegria. Onde Sharaf enxerga apenas um rio de sangue, eu vejo água; a montanha que lhe parece pesada e inanimada se transforma, para o profeta Davi, em um simples músico". Essas palavras associaram para sempre o desfortunado Sharaf ao paraíso encerrado, ao sangue derramado, à pedra inanimada.

Outra vez, um cantor de linda voz declamava poemas, sufis dançavam com sinceridade, mas o êxtase não se produzia. Haveria um não iniciado entre os participantes? Foi impossível encontrar. Ordenei que se verificassem os sapatos. De fato, foram encontrados os de um profano. Quando foram jogados fora, somente então, resultou o *sama*.

Ainda me lembro daquele *sama* em que a túnica de um dervixe, relando em meus pés, impediu o meu inebriamento. Sem saber o que fazer, acabei indo embora.

Enquanto girava, Maulana dizia que existia um vinho divino do qual o universo representava apenas uma gota e que, se uma segunda gota fosse derramada, seríamos desligados desse mundo, do outro e de nós mesmos. Ele falava de um *sama* praticado em uma direção que não era exatamente uma direção, e de nós como tocadores de tambor no meio de uma festa de casamento. Ele abria os olhos, acariciava com a mão os músicos, os bailarinos e até quem não se mexia: "Não tenham medo, não se atormentem. Nesse oceano há lugar suficiente para todos!".

Na casa de Maulana, de todo modo, meu lugar era questionado. Senti isso e me mudei para a casa do ourives Salah.[48] Ele era uma daquelas raras pessoas que eu suportava, que inclusive admirava. Ele batia o ouro no bazar de Konya. Era um homem surpreendente, ligeiramente inculto. Mas possuía aquela coisa que faltava aos eruditos. O próprio Maulana dizia que Salah encarnava os enigmas de Deus. Salah costumava me falar de sua família, de seu vilarejo nos arredores de Konya e de suas pescarias.

Um dia, enquanto eu conversava com Fatemeh, a filha do batedor de ouro Salah, ouvi-o proferir injúrias. Interrompi minha fala e saí. A voz vinha do local de abluções e purificações. Salah se dirigia a Deus e o repreendia por segui-lo por toda parte, até o último dos lugares.

Retornei. Fatemeh estava absorta na leitura. Nada de surpreendente havia acontecido. Ela estava acostumada a escutar o pai invectivar contra Deus.

Eu gostava muito daquela moça. Ela me fazia lembrar da minha infância, quando eu me recusava a me alimentar. Ela jejuava durante o dia e se aguentava em pé à noite. Falava pouco. Via coisas que os outros não percebiam e, de vez em quando, revelava-as para as amigas, que não entendiam nada.

Estava morando na casa de Salah quando Maulana mandou me chamar para participar da inauguração de uma madraça. Lá, cada um se sentava conforme sua categoria. Escolhi o canto dos sapatos. O tema da discussão

---

48 Salah Al-Din Zarkub sucedeu a Shams ao lado de Maulana. Morreu em Konya em 1258. O próprio Maulana assistiu ao seu funeral, celebrado com canto e música.

era "o lugar de honra", e Maulana tomou a palavra: "Para os sábios, o lugar de honra é o meio do banco. Para os místicos, é o canto da sala. Para os enamorados, é junto a seu amigo". Ele se dirigiu até mim, sentou-se sobre os sapatos amontoados e apoiou-se em meu ombro.

Assim ele abria todas as portas, afirmava que o conhecimento podia ser adquirido rezando, segundo as regras estabelecidas, de frente para o mirabe[49] ou prosternando-se diante de um ídolo, um amigo. Ele indicava como cada ser abria os olhos segundo sua própria categoria, a percepção do amigo e não do "eu", o desvelamento de cem mil mistérios.

Maulana e eu víamos nosso mundo como um oceano profundo que só poderia ser explorado por um mergulhador perfeito, de espírito singular. Quem se recusasse a se afundar ali afastava a alegria, acariciava o luto, distanciava-se da união, provava o gosto da separação. De mãos dadas, Maulana e eu nos afundamos no oceano do conhecimento.

E, nessas ondas, Maulana não me abandonava mais.

Furiosos, os discípulos afirmavam que a partir de então o mestre deles me pertencia, que sem mim tudo seria melhor e ele continuaria, como antes, a prezá-los, a se divertir com eles.

"Sem mim." Tudo estava dito no uso dessa preposição que marca a negação, a privação, a ausência ou a exclusão de uma única pessoa: eu.

Maulana asseverava o contrário. Ele podia prescindir de todos, "salvo" de mim. Via-me como seu jardim, sua primavera, seu vinho, sua embriaguez, seu sono, seu repouso, sua majestade, seu reino, seu capital, sua água pura. Se eu era a cabeça, ele se tornava os pés. Se eu era

---

49  Nicho em uma mesquita onde o imame se coloca nas orações. (N. T.)

a mão, ele se tornava o estandarte. Se eu partia, ele se tornava nulo. Eu havia apagado sua imagem, trancado seu sono, neutralizado seus amigos, e, no entanto, nada funcionava sem mim.

Seus companheiros não me compreendiam. Para mim, Maulana representava o ápice do islã. Eu não dizia isso a respeito de mais ninguém, nem mesmo do *qadi* da cidade. Se afirmasse isso, seria coberto de ouro e o próprio *qadi* me faria cem demonstrações de respeito. Mas eu não podia me mostrar tão hipócrita.

[111,15]

Eu dizia a Maulana que minha palavra estava além da compreensão de seus acólitos, que Deus não me autorizava a debater por meio de simples exemplos. Se eu lhes falasse abertamente, eles não entenderiam. Se me expressasse com parábolas, seria ainda pior, véu sobre véu, e cada palavra cobriria a anterior.

[732,16]

Maulana devia impedir que seu séquito se apegasse a ele por imitação ou se desapegasse de mim por imitação. O imitador é ora quente, ora frio. Ele é a gangrena deste mundo.

[161,10]

Um dia, ele finalmente acabou convocando os mais revoltados para irem à casa de um de seus discípulos, um correeiro. Em pé, circulando entre eles e contemplando um córrego que saía da cidade e desaguava ali, foi até a água suja e contaminada: "Pobre água, vai-te e sê grata por não teres de percorrer o interior dos corpos deles; se soubesses o que seria de ti!". Depois, fitou-os um a um e perguntou-lhes: Quantas cabeças de recém-nascidos foram cortadas para que Moisés pudesse encontrar Deus? Quantos homens foram acusados de infidelidade para que Jesus pudesse acessar os segredos? Quantos corações foram pilhados para que Muhammad pudesse subir ao céu? Quantos anos tiveram de se passar para que ele, Maulana, pudesse enfim compor?

Ninguém respondeu. Ele continuou em versos:

*Ó, tribo que partiu a Meca,*
*Cadê vocês? Cadê vocês?*
*Está bem aqui, o amante!*
*Venham aqui! Venham aqui!*

*É teu vizinho, teu amante,*
*É mesmo sombra, muro a muro.*
*Cabeça a vagar no deserto,*
*Em que vento vocês se encontram?*

*Dez vezes rumo àquela casa*
*Vocês foram pelo outro caminho.*
*Surjam, ao menos uma vez!*
*Aqui no teto desta casa.*

*Que contudo aquele pesar*
*Se transforme no seu tesouro.*
*Mas, ai!, sobre esse tesouro*
*Fecha-se a cortina: vocês.*

A reação de seu círculo, essa cortina que se fecha, não foi unanimidade. Alguns imediatamente se arrependeram e decidiram me considerar de maneira totalmente diferente.

Com as mãos no nariz, fugindo do cheiro do curtume, outros, mal-intencionados, precipitaram-se à casa de Salah para anunciar a mim que Maulana me havia desacreditado. Mentiras, calúnias! Mesmo que ele não tomasse minha defesa sistematicamente, eu sabia que, quando ele franzia o cenho, seu desgosto não era dirigido a mim. Eu era o único a enxergar como ele funcionava. Conhecia seus estados de alma. Ele não era eu. Eu não era ele. E, no entanto, ele estava inteiramente a meu dispor. Eu estava inteiramente em seu sangue.

Aqueles corvos me disseram em seguida que um fulano estava me insultando. Eles próprios me insultavam.

Disseram que um fulano me homenageava. Eles próprios me homenageavam e usavam aquela pessoa, resguardando-se atrás dela.

Disseram que um fulano me achava ciumento. Eu conhecia dois tipos de ciúme: um que levava ao paraíso, como o de Maulana e até o de sua esposa Kera, e outro que levava ao inferno. Eu os tranquilizei. Não estava procurando nem o paraíso nem o inferno. Sem Maulana, o paraíso se torna meu inferno, meu inimigo.

[315,10]

Aquela intervenção no curtume não havia prestado para nada. Só mesmo para deixar neles a lembrança de um cheiro acre. Maulana queria moldá-los como se fossem feitos de couro, metal, tecido, terra, mas sua tribo resistia a tudo. Liga, batedura, esticamento, pisa; nenhuma operação conseguiu me fazer ser aceito por eles. Maulana queria transformar aquele ninho de serpentes, cuspidoras de veneno amargo e escuro como betume, em uma bandeja de açúcar de sabor edulcorado, com a candura da lua. Fracassou completamente.

Maulana foi obrigado a reuni-los de novo. Disse a eles que eu havia descido deliberadamente das alturas para mandá-los vir até mim, que se eu me cansasse daqui de baixo, logo alçaria voo como os pássaros abrem suas asas.

Ele me identificou à flecha atirada por Deus, que tornava visível uma árvore ainda há pouco enfiada na terra, humilde semente invisível.

Identificou-me ao relâmpago que abrasa a árvore — que era ele — e a fazia desabrochar. Ele queria queimar, elevar-se e narrar a combustão.

Identificou-me à lua que o céu inteiro não conseguia conter, à pérola que o mar não abarcava, à montanha que a planície não abarcava, ao gênio que a garrafa não abarcava. Eu era o ímpar que o par não abarcava, eu era aquele que o universo não abarcava.

Comparações inúteis, vãs. Não amansaram a tribo dissonante. Maulana continuou, mas em versos:

*Dizem: "Não vá a qualquer lugar,
Tu és o mestre, venha cá".
Já eu, esse lado sem lado
Não conheço, conheço não.*

*Sou como criança perdida,
Pelo bazar e pela rua.
Já eu, o bazar e a rua
Não conheço, conheço não.*

*Disse um amigo: "Os malfalantes
Sempre falando mal de ti".
Por mim, bom ou mal-falante
Não conheço, conheço não.*

*Sou Jacó e ele, José,
Meu olho acende a seu odor,
Mas onde nasceu esse odor
Não conheço, conheço não.*

O poema conseguiu, aparentemente, enternecê-los um pouquinho. Maulana, porém, ficou de olho neles. Ele sabia que, se eu mostrasse a eles a minha insensibilidade ou a minha dureza — o que parecia bem provável —, eles logo se esqueceriam das suas palavras e de sua própria meiguice. Negaram isso e, para provarem que estavam sendo sinceros, foram até a casa de Salah e bateram à porta de meu quarto. Estavam atrás do meu perdão, queriam me servir e garantir sua fidelidade. Não abri a porta. No mesmo instante toda aquela afetação sumiu. Foram embora vociferando. Não abri a porta para eles pois não achava que meu quarto fosse pocilga. Não se podia simplesmente entrar ali depois de algum remorso. Não se podia sair dali depois de frieza, cólera e tristeza.

Alguns dias depois, convoquei as mesmas pessoas, ainda na residência de Salah. Sua casa nada tinha a ver com a de Maulana. Salah vivia ali muito modestamente com sua família e raras vezes recusava minhas bolsinhas cheias de dirrãs.

Os fiéis chegaram, entre eles Hosam e Ibrahim, de quem eu gostava muito. Salah indicou a eles os melhores lugares. Os aposentos eram pequenos e não conseguiam abrigar uma assembleia muito numerosa. Inclusive, uma parte da parede havia desabado, dando a impressão de uma passagem secreta para uma cavidade subterrânea, um abismo fascinante. Apesar dos recursos modestos deles, Fatemeh, a filha de Salah, encarregou-se de trazer comida e bebida. Mais tarde, ouvi dizer que durante aquela sessão a comida era inesgotável, que os grelhados de cabrito sucediam os espetos de tordos, que o *baqlava* substituía o *halva*,[50] que aquela sucessão de pratos procedia do esbanjamento de Maulana, que queria poupar Salah de qualquer sentimento de vergonha. Naquele dia adivinhei todo o pesar de Fatemeh, no pequeno reduto que lhes servia de cozinha, preparando xaropes e algumas iguarias com o pouco de que dispunha: era seu próprio esbanjamento.

Quando foram servidos, eu lhes disse sem rodeios que bem ali em Konya vivia um grandíssimo homem que desejava apenas a minha companhia. Maulana o conhecia bem. Sua fortuna era superior à do mais rico entre eles, e aquele homem estava me oferecendo todo o seu tesouro. Além disso, em minha própria cidade, Tabriz, ofereciam-me uma ocupação próspera. No entanto, eu ficava com o mestre deles. Eu não via vantagem alguma

---

50  Doces típicos do Oriente Médio. (N. T.)

[757,20] em receber uma posição e um capital de pessoas que não me compreendiam.

Antes de nosso encontro em Konya, eu podia fazer Maulana vir até mim. Não fiz nada disso. Dali em diante, eu o desejava e ele me solicitava. Nem mesmo um pai, nem mesmo uma mãe agiria ou falaria de modo mais [770,1] carinhoso. Quando cheguei a Konya, tudo parecia claro. Se os discípulos se mostrassem fiéis, melhor ainda, mas [111,21] de todo modo eu tinha Maulana na palma da mão.

Por que eles queriam que o mundo todo fosse parecido? Que não houvesse diferença alguma entre mim e eles? Naquela assembleia encontravam-se ourives, alquimistas, magos, arruaceiros, hipócritas, religiosos, místicos, [323,4] enamorados, bufões, cada qual com seu próprio olhar.

Eu apontava o dedo para um deles ao acaso, dizendo: "Não enxergas o enamorado e ele não te enxerga".

Deus abrira o olhar de cada homem em determinada [323,3] direção e o fechara noutra. Seria necessário, contudo, observar para ver as obras Dele, ver que Ele mesmo agia num instante assim e noutro assado. Meu olhar sobre mim mesmo mudava incessantemente. E cada um daqueles homens não se dava ao trabalho de me ver. Maulana também dizia que, ao olhar para si, via cem rostos. A [322,21] cada um desses rostos, murmurava: "Sou aquilo!".

Um dos homens me repreendeu por eu ser bondade e cólera ao mesmo tempo, ao passo que Maulana era pura bondade. Eu conhecia a fonte de seu amargor. Ele morava na vizinhança de Maulana e alugava quartos para estudantes estrangeiros. Minha aparição e a suspensão dos cursos haviam acabado com seu comércio.

Um discípulo o interrompeu dizendo que todo mundo possuía aqueles dois atributos. Depois, sentindo-se culpado a meu respeito, escusou-se. Ele só queria refutar a palavra do dono do albergue, jamais tivera a intenção de me rebaixar. Que idiota! Eu havia acabado de ser glorificado com atributos de Deus: a bondade e a cólera.

As palavras, proferidas pela boca do próximo, não vinham dele, nem do Alcorão, nem do Profeta. Mas de mim. [73,11]
"Maulana era pura bondade!", ele acabara de dizer. Não estava enganado, porque Maulana não contrariava ninguém. Ainda nos revejo face a face, eu o repreendendo por sua tolerância, ele reivindicando sua compaixão. [187,10]
"Todos vocês são culpados!", gritei. Sim, todos eles. Por toda parte, afirmavam que Maulana evitava este mundo e que eu, Shams, acumulava bens. Somente críticas! [100,4] Somente descumprimentos! [79,14]

Se aglomerar bens consistisse em receber de Maulana, regularmente, alguns míseros dirrãs, então, sim. Eu acumulava bens, mas só para evitar sair sem roupa e sem sapatos, só para evitar que na residência de Salah não [79,21] houvesse o suficiente para recepcionar, com dignidade, alguns hóspedes. E mesmo se Maulana me desse, por compensação, cem dinares por dia, isso não bastaria para diminuir minha aflição. [111,17]

Censuravam-me por eu não trabalhar, assim como o ourives Salah, como o escriba e secretário Hosam, como, outrora, o farmacêutico e perfumista Attar. Eu tinha habilidades manuais. Sabia, melhor que qualquer um, trançar cordas para fazer cintos, sabia também subir muros, espalhar a argamassa, manejar a espátula, assentar tijolos, tudo aquilo que nenhum deles era capaz de realizar. Mas Maulana não me deixava trabalhar. Ele era o meu único amigo. Iria eu privá-lo de seu desejo? Iria eu escutá-lo e agir contra sua vontade? [729,13]

Fora ele, nenhum amigo. De onde vinha essa tribo idiota? E de onde vinha a amizade?

Acusavam-me de oprimir, ao passo que Maulana nunca os havia chacoalhado — "rápido, rápido, compra, vende!" —, nem ameaçado, nem forçado, nem embirrado. Pelo contrário, quase sempre riam juntos. Se eu, Shams, agisse da mesma maneira, eles me preservariam e me protegeriam. Não compreendiam que era preciso justamente se juntar a um sheik de natureza irritável e ácida a fim de se fundir nele e tornar-se suave e doce. Eles não compreendiam que era preciso buscar a felicidade na infelicidade e a alegria na tristeza, que o objeto de desejo era fruto do não desejo, e o não desejo, fruto do desejo. Doente e febril, eu me regozijava com a iminência da saúde. São e sadio, no entanto, eu temia a aparição da febre.

Assim como nas vezes anteriores, alguns quiseram se redimir. Eu lhes aconselhava a acreditar na minha palavra e não reprová-la. E, caso a rejeitassem, a não se desculpar, porque aquele arrependimento não tinha importância alguma. Eu os conhecia. Não nasci ontem. Diziam-se leais, pacíficos, prestativos. Baboseiras. Tomavam-se por falcões brancos, não passavam de corvos pretos. Maulana os tomava por açúcar, eles eram veneno de serpente. O fato é que eu sempre os absolvi imediatamente. Eu não queria que a conversa se eternizasse. Mas sabia que eles recomeçariam, que eu não os perdoaria mais, que não os veria mais, nem no dia do Julgamento, nem sequer no paraíso.

Antes de dispensá-los, só acrescentei que a hostilidade deles pouco me importava, que a separação e a união com Maulana tanto faziam para mim, que aquilo não me tornava nem triste nem alegre. Minha alegria e minha tristeza vinham de mim, da minha própria natureza.

Todos me olharam com surpresa, até Salah, até Hosam, que anotava tudo e devia estar se perguntando se poderia relatar as minhas palavras — em sua totalidade — a Maulana. Até Ibrahim, que fazia parte do séquito do pai de Maulana, por ocasião de seu exílio, da viagem de Balkh até Konya. Um íntimo entre os íntimos. Eu o chamava de "meu sheik Ibrahim", pois era um dos raros a reconhecer nossa união. O próprio Maulana tinha um carinho muito particular por ele. Ele lhe recordava sua infância e os banhos no rio Oxus, na terra dos afegãos.

Assim como os outros, Ibrahim tampouco compreendeu por que, subitamente, eu falava de Maulana com desapego, entreabrindo a porta da separação. Todos sentiram, contudo, a ameaça de minha partida.

Eu me abati sobre eles como um relâmpago. Havia deliberadamente provocado o incêndio. Aquilo também se parecia com a luta, aquele corpo a corpo praticado em cada esquina de Konya. Meu objetivo era pregá-los ao chão. Os lutadores chamam isso de "a derrocada". Tive sucesso. Caíram, derrocados, um após o outro, como folhas mortas, como animais fulminados. Eu só precisava recolhê-los.

No fim das contas, reconheci de qualquer forma que era difícil conviver comigo.


Não sei se Hosam relatou o que eu dissera a Maulana, mas quando o encontrei em sua própria casa, ele não manifestou perturbação nenhuma.

Percebi que ele ainda sentia compaixão por seu círculo, mas vi também que seu sentimento por mim se localizava além de qualquer esperança.

Ele me tomava pelo universo de seus segredos, pelo José de sua visão, pelo esplendor de seu bazar. Ele era pobre, eu era o prateiro e o milionário. Ele era preguiçoso, eu era o peregrino e o lutador. Ele estava adormecido, eu era sua fortuna acordada. Ele estava cansado, eu era seu bálsamo de cura. Ele estava em ruínas, eu era seu pedreiro. Ora, pedreiro eu era, de fato.

Eu acatava tudo sob uma única condição: que ele trabalhasse, trabalhasse duro. Não estou falando daquele trabalho que consistia em subir ao púlpito para papagaiar velhas frases esfarrapadas. Não. Eu pedia para ele se tornar poeta. Tomava Attar como exemplo. Ou Sanayi.

Ou ainda Ibn Arabi. Queria fazer dele um poeta, um bailarino, voando na pradaria dos anjos e ligando, pelo *sama*, a terra ao céu. O tempo corria à medida que a tribo dissonante engordava.

"Compõe!"

Ele se isolava — sem discípulos, sem vizir, sem família. A única presença que eu tolerava era o gato. Ele ia aos banhos o máximo possível. Eu sabia que ele apreciava os *hammams* e sabia também que Hosam chegava antes dele para expulsar os banhistas e preencher a banheira de maças vermelhas e brancas. Eu deixava. Maulana regressava de lá satisfeito e lia seus versos para mim. Uma vez, trouxe-me quatro poemas. Esquecíveis, eu lhe disse. Eu estava solicitando algo melhor, outra coisa, uma nova poesia. Eu não havia vagado por dezesseis anos seguidos, praticamente por toda parte, para dar nascimento a algaravias. Sua condição: eu ficaria com ele, lhe serviria bebida.

Não era pedir muito.

Ainda outra vez, ele me estendeu um papel. Depois, sem esperar: "Rasgue-o, isso não passa de velharia, de quinquilharia!". Li. Ele tinha razão. Nenhum sentido, palavras ao vento. Amassei o papel.

Uma noite, acordei-o em plena madrugada: "Compõe!", eu lhe disse. Sobressaltou-se, recitou versos e logo depois voltou a dormir. Puxei suas orelhas: "Recomeça! Retoma!". Levantou-se, molhou o rosto, bebeu água e concluiu, enfim, o gazal.

"Mais um! Não pares!"

"Mas como?" Ele quis deter a chave do novo tesouro, conhecer o abrigo das palavras inexploradas. Mostrei-lhe um vaso em cima de um banco. "Ele está repleto de água salgada, de água do rio!" Enquanto ele não jogasse fora aquela água, enquanto não fizesse seu saber esfriar, nada seria possível. Ouvi um barulho de copo se quebrando.

A chave do novo tesouro era o aniquilamento, a perda no amor, o mergulho no vale da plenitude, ali onde os sete oceanos formam um só lago; os sete planetas, uma só centelha; os oito paraísos, um só cadáver; os sete infernos, uma só geada desolada.

Disse-lhe palavras que ele transpôs em versos, e, dessa vez, o poema me pareceu digno de ser preservado:

*Estás ébrio de amor por mim*
*Já eu, eu te dispersarei*
*escuta bem.*
*Aviso, não construas nada*
*Porque eu te destruirei.*
*escuta bem.*

*Se tu constróis duzentas casas,*
*Como a formiga e a abelha,*
*Já eu, eu te farei sem casa,*
*Já eu, te farei sem pessoa,*
*escuta bem.*

*Serias Platão e Luqman*
*Pela ciência e nobreza tua,*
*Que rápido te entregarei*
*Ignorante em um só olhar,*
*escuta bem.*

*E tu, como pássaro morto*
*À minha mão, tempo de caça.*
*Eu o caçador te farei*
*Para outras aves a isca,*
*escuta bem.*

*És um tesouro, guardião,*
*Tal qual serpente adormecida,*
*Já eu, eu te farei voltar,*
*Cobra cansada, a ti mesma,*
*escuta bem.*

*Abrevia aqui a leitura,*
*Em silêncio, tem paciência,*
*Para que sejas tu que eu leia,*
*Tornando-te o próprio Alcorão,*
*escuta bem.*

Ele se mostrava propenso a ser "disperso, quebrado, expulso, isolado, despossuído, manipulado...".

E eu me sentia capaz de fazer dele o Profeta, e do que ele dizia, um Alcorão.

Como eu não conseguia dormir, apoiei minha cabeça sobre seu ombro.

Maulana repetia sem parar que era mais indulgente que eu, que tinha a embriaguez alegre. Mas se alguém caísse na água preta, no fogo ou no inferno, ele apoiava a mão no queixo e ficava observando. Ele mesmo não se jogava nem na água nem no fogo. Continuava a observar, sem se envolver, sem intervir. E eu também observava, mas agarrava o desgraçado pelo rabo e o impedia de se enfiar ali: "Sai, junta-te a nós e observa por tua vez!".

[774,16]

Maulana era um oceano de ciência e de saber. Todos sabíamos disso. Mas ele não tinha ouvidos atentos e não escutava os desesperados. Até acontecia de interpretar minhas palavras erroneamente, de se mostrar melindroso.

[318,7]

Havíamos escolhido um ao outro e não tolerávamos falha alguma. Nem ele, nem eu. Certos dias, voávamos na pradaria dos anjos, e em outros, simplesmente rastejávamos entre os abortos da natureza.

Eu não considerava belo o que parecia feio. Eu via Maulana como ele era.

Lembro-me de uma noite em que fiz uma refeição pesada, hostil ao estômago. Como meu corpo é febril e não tolera qualquer coisa, queimo o alimento graças à abstinência. Ao menor excesso, jejum. A metade de um pão somada a um caldo de cabeça de carneiro me basta por dois dias. Eu não estava me sentindo bem aquela noite e não queria ir para perto de Maulana. Ainda mais sabendo que ele estava frio e azedo por causa de uma história de dinheiro, provocada mais uma vez por seus acólitos. Eu queria evitar que nossa relação fosse contaminada por qualquer alimento terrestre.

Esqueci, no entanto, o meu mal-estar. Alegre e despreocupado, juntei-me a ele em sua cela, onde, encostado em almofadas, ele escutava seu flautista. Ele esperou o fim da música, depois me disse que no corpo do homem havia três mil serpentes alimentadas por um único bocado de comida, que meu excesso alimentar havia revigorado os répteis de minha alma, que eu havia rescindido meu próprio ensinamento: comer pouco, falar pouco, dormir pouco.

Aquilo me deixou fora de mim. "Se me conheces e me vês", perguntei-lhe, "por que falas de mal-estar? Se és eu, como fazes para permanecer tu? Com tuas instruções, com teus princípios? Se és meu amigo, como fazes para permanecer teu próprio amigo?"

Senti-o perturbado. Seu estado não provinha nem de meu alimento, nem de minha palavra, nem da interrupção da música.

Estendeu-me uma só página: "Lê!". A injunção era a frase edificante do islã, nada além da ordem do anjo Gabriel ao Profeta. "Lê!" Eu li. Em voz alta? Comigo mesmo? Era a minha voz? A dele? A de algum outro? De um anjo? O som da flauta? Hoje sou incapaz de determinar. Mas lembro que, à medida que eu lia, já não sentia mais diferença alguma entre as palavras e eu mesmo. Verbos, adjetivos, sangue, carne, fígado, tudo girava no mesmo sentido, em resposta ao movimento do *sama*.

*Quem é esse, o meio da noite,*
*Como um luar que chegou?*
*É o profeta do amor*
*Vindo do lugar de prece.*

*E trouxe consigo uma chama,*
*A chama que queima o sono.*
*Lá onde está o rei dos reis*
*Dali dos sem sono chegou.*

*Um molho de chaves no peito*
*Sob os braços mesmos do amor*
*Foi para escancarar as portas*
*Que até aqui ele chegou.*

Eu cheguei para escancarar as portas.

Como eu podia me lamentar dos alçapões que se abriam à minha passagem e dos corredores escuros onde tramavam um complô contra mim? Nem uma palavra sobre a tribo dissonante. Ele sabia, porém, que eu não podia me dirigir senão a mim mesmo ou mesmo àquele em quem eu me via. Maulana me mostrava sua sede e seu apetite. Meu inimigo me desvelava sua saciedade e sua indiferença, e eu o feria. Mas como eu conseguia ferir Maulana? Eu, que, beijando o seu pé, tomava cuidado para não pinicar sua pele?

[99,19]

Tomei seus pés e os cobri de beijos. O flautista pegou seu instrumento...

Uma vez, em uma reunião noturna, quando as velas cintilavam como pirilampos e os discípulos pareciam se emboscar como lobos, um certo Moid tomou a palavra: "Sou o Polo e o mundo em meu interior é...". Irritado com sua audácia, Maulana o interrompeu, dispersou a assembleia e se retirou. Naquela noite, apesar da fala pretensiosa de Moid, não segui Maulana. Eu tinha de mostrar para ele que sem repulsa não há atração, que, se eu o acompanhasse como sua sombra, ele me evitaria e acabaria por se deslocar à noite. Sem luz, sem sombra, sem Shams.

Eu havia sido convidado àquela assembleia para encorajar Maulana a pregar. Foi em vão. Eu considerava aquelas falsas gentilezas ocupações modestas que sempre acabavam mal. Ele sentia isso, e eu também o sentia. Prova disso foi sua partida. Prova disso, minha teimosia em ficar, apesar dos disparates de Moid. [774,2]

Não queria tomar a palavra nem deixar o mínimo traço meu. Nem mesmo o que estou escrevendo, agora, tem alguma importância. Quando eu atravessava cem mundos com um único suspiro, olhava para trás e constatava que ainda mal havia dado o meu primeiro passo.

Como Attar no vale da plenitude, eu via o afogamento de milhares de seres no oceano como o mergulho de um orvalho matutino no mar infinito. Via os céus e os astros estalarem como a queda de uma folha de árvore. Via o aniquilamento de todas as criaturas, do peixe até a lua, como o caminhar de uma formiga capenga no fundo de um poço. Considerava o desaparecimento dos demônios e dos homens uma simples gota extraída da chuva.

Por que me revelar em público? Eu conseguia me revelar intimamente apenas na presença de Maulana. Nenhum outro podia alegar ter sido meu interlocutor, à exceção de alguns discípulos. [729,15]

Parti assoprando todas as velas que encontrava em meu caminho. Afoguei-me na fumaça dispersa.

Uma vez, Maulana me levou para não muito longe de Konya, ao convento dos cristãos. Os monges me acolheram com respeito e gentileza: nada a ver com a hostilidade dos muçulmanos.

Passamos a noite dentro de uma caverna. Ali Maulana se sentia em casa. Ele sabia onde estender seu colchão, onde fazer fogo, em que direção rezar. Para mim, tudo era novo. Eu não gostava muito dos retiros rupestres.

Ele começou a rezar. Não vi a necessidade de fazer o mesmo, pois, apesar de tudo, nossa união estava selada. Havíamos nos tornado literalmente a mesma pessoa. Ele rezava por dois, por um, por ele, por mim.

Quando olhavam para ele, era a mim que viam. Ele dizia a mesma coisa:

*Se és alegria, estou na alegria*
*E se és tristeza, estou na tristeza.*

*Amargo te fazes, amargo sou,*
*Bondade te fazes, bondade sou.*

Aquela amizade me fazia feliz. A partir do momento em que meu coração pertencia a ele, por que me preocupar com este mundo ou o outro, com a profundidade da terra ou o topo do céu, com a embriaguez ou a sobriedade, com o ser ou o não ser, com o instante ou a eternidade?

Eu pertencia a ele. Ele era meu objetivo. Se afirmavam que eu estava feliz, eu me tornava ainda mais feliz e estalava os dedos dançando o *sama*.

A mesma coisa para o funcionamento das palavras. Quando eu me expressava, era como se Maulana se expressasse, era como se nossas duas vozes, juntas, se expressassem, tornando-se uma única voz.

Ele se percebia como uma palavra murmurada pela metade, uma efígie inanimada, via-me como as sílabas faltantes, o sopro revigorante.

Naquela noite, disse a mim mesmo que, se fosse para o paraíso, procuraria Maulana e pediria para vê-lo. Se ele não estivesse lá, eu iria ao inferno e clamaria por ele com todas as minhas forças. Eu sabia que, de sua parte, ele faria o mesmo.

[619,14]

Nós nos parecíamos com aqueles dois enamorados sobre os quais Attar fala no vale da união. Um caiu em um rio. O outro, deliberadamente, ali se precipitou. Quando foram salvos das correntes, o primeiro perguntou a seu amado por que ele pulou.

"Porque eu não me distinguia de ti. Porque o teu 'tu' e o meu 'eu' finalmente se uniram. Tu eras eu? Eu era tu? Eu não via dualidade alguma. Eu estava contigo? Tu eras tu? Agora e para todo o sempre, tu és eu e eu sou tu. Somos apenas um e só."

Tendo atingido esse estágio de união, éramos como exploradores que, uma vez que chegavam ao objetivo, de súbito o viam se apagar, desaparecer. Nós nos tornávamos visíveis e invisíveis, mudos e falantes, detalhes e essência, nem detalhes nem essência. Eu queria clamar a todos que, naquele vale, naquele estágio, cem mil homens razoáveis mostravam lábios ressecados, e que a própria razão se parecia com uma criança surda de nascença.

Naquela noite, eu lhe disse mais de uma vez que não tinha coragem de olhar para ele. Algumas vezes, ele esfregava os olhos e se perguntava se eu ia e vinha dentro de seus sonhos ou pensamentos.

Ele disse que era um espelho em minha mão, que se tornava tudo o que eu mostrava. Quando olhava para mim, mesmo naquela caverna escura, via árvores e jardins, um oceano de água pura e refrescante. A água parecia tão doce que palavra alguma poderia descrevê-la. As árvores possuíam raízes plantadas nas maiores profundezas da terra e ramos que ultrapassavam o teto do mundo. Ele via também sombra e ervas graciosas, mas nenhuma marca de supremacia ou de dominação.

Naquela noite, enquanto ele rezava, eu me pus a dançar atrás dele, ao som do rio que corria abaixo. Em seguida, nossas duas silhuetas se misturaram, nas paredes da caverna, formando uma só.

No trajeto do retorno, olhando para a lua e para o sol, eu lhe disse que o luar era ele e que o sol era eu. Não havia nisso supremacia alguma, dominação alguma. Pois os olhos não alcançavam o sol, ao passo que podiam alcançar a lua. Os olhos olhavam para a lua, que olhava para o sol, que olhava para a lua. Eu era o sol que olhava para a lua. Eu só tinha olhos para ele.

Ver Maulana era uma bênção.

Quem era eu? Aquele que havia visto.

Eu imaginava uma folha de papel, um lado virado para mim, o outro para ele. Eu lia o que eu enxergava. Mas também era preciso ler o que não enxergava.

Quem era eu? Aquele que havia lido.

Uma porta estava fechada. Ele a abriu. Bem-aventurados os que se encontravam atrás da porta.

Aquilo me lembrava de um homem que se lamentava de ter perdido a chave de casa. Um sufi passou e se pôs a consolá-lo: "Não te lamentes a troco de nada. Mesmo fechada, sabes onde se encontra a tua porta. Cedo ou tarde, alguém a abrirá e tu penetrarás no interior. Já eu não possuo nem chave nem porta. Meu único desejo é encontrar uma porta, aberta ou fechada".

Lembro-me também do dia em que, pouco depois da aurora, Maulana bateu à minha cela e me pediu para acompanhá-lo, sem demora, ao estábulo de um de seus discípulos, chamado Qassab. Não me deu tempo nem para me cobrir decentemente. Ele estava perturbado e isso se via em seu rosto, ainda mais pálido que de costume. Ele havia mudado inclusive a maneira de amarrar o turbante. Segui-o sem fazer perguntas.

Eu era incapaz de conhecer Maulana. Dizia isso sem hipocrisia, sem constrangimento, sem comentário. Sim, eu era incapaz de conhecer Maulana. A cada dia, descobria nele novos ângulos, novos estados, novas atitudes.

[104,15]

Durante todo o caminho, ele transpirava, por mais que não fizesse calor. Tendo chegado ao lugar, pediu a Qassab um potro. À custa de mil esforços, Qassab selou um de seus melhores cavalos e o levou até ele. Maulana montou imediatamente no cavalo e partiu galopando em direção à *qibla*.

Qassab ficou tão surpreso quanto eu. Eu dizia que era preciso conhecer melhor Maulana, não se ater ao seu belo rosto, às suas belas palavras, e, sobretudo, aspirar a ver o que ele não mostrava. Maulana possuía uma linguagem hipócrita e uma linguagem sincera. Os santos queriam escutar a linguagem hipócrita; e os profetas, sua verdadeira palavra.

[104,17]

Eu disse para Qassab ver Maulana com os olhos dos profetas. Contei-lhe a história do califa Harun al-Rashid.[51] Certo dia, ele quis ver com seus próprios olhos Laila, o objeto do amor de Majnun. Os comissários percorreram as estradas, desembolsaram dinheiro e, não sem dificuldades, trouxeram a célebre Laila a Bagdá. Tarde da noite, o califa penetrou no cômodo à luz de velas. Observou-a por muito, muito tempo, sem encontrar nela a mínima graça. Perguntou se ela era mesmo Laila. "Sim, sou eu, Laila! Mas tu não és Majnun. Não tens os olhos de Majnun!"

Era preciso olhar para Laila com os olhos de Majnun. Era preciso olhar para o amado com os olhos do amante.

---

51  Quinto califa abássida, Harun al-Rashid (763-809) reinou no período em que se consolidou a Era de Ouro islâmica.

[105,13] Todos olhavam para Deus com os olhos do saber, da gnose, da filosofia, nunca do amor. Eu entrava no olhar de Deus para ver sua intimidade. Eu olhava para Maulana com os olhos de Majnun.

Maulana voltou na hora da prece noturna, coberto de poeira. O cavalo estava esgotado, emaciado, a equipe, perdida no caminho. Qassab tomou as rédeas do animal e o conduziu ao estábulo. Acompanhei Maulana para dentro da residência.

Eu não compreendia nem queria compreender a razão de sua escapada. Se eu quisesse conversar com o Profeta, teria lhe falado com mesura, teria considerado cada palavra, seu emprego e sua função gramatical. Mas eu havia me ligado a Maulana jogando-me do alto dos cimos, sem pensar nas consequências, sobre mim e sobre os outros.

"Liguei-me a ti com audácia e insolência!", eu lhe
[220,11] disse para concluir aquele dia.

Eu tentava agir como soldado, não como general. Os generais raramente se enfrentavam, por medo de se enganar e dispersar o exército. Com um só dedo, certos
[206,12] soldados podiam golpear dez chefes de guerra. Eu era um deles. Eu devia combater seu círculo, seu saber, seu renome, seu eu e seus mistérios.

Eu devia libertar Maulana das garras de uma tribo dissonante, de aliciadores, de bajuladores, de matracas.
[622,17] E se eles o estragassem, se o deteriorassem?


Uma noite, eu passeava com Maulana no cemitério de Meidan. Observávamos os túmulos e, por vezes, parávamos diante de uma daquelas pedras. Eu aproximava minha lâmpada dos epitáfios, à procura de alguns nomes conhecidos, homens que, durante a vida, também houvessem se lançado em busca do caminho.

Eu balançava a lanterna, fazendo nossas sombras dançarem, e disse a Maulana que, para mim, o caminho se fundia na necessidade. Eu iluminava as sepulturas.

"Com a necessidade, as súplicas dos enlutados penetram no interior do túmulo, erguem o defunto para a Ressurreição, acompanham-no ao paraíso e até mesmo a Deus. Sem haver necessidade, nem as lágrimas, nem as preces deles ultrapassam a beira da fossa. Elas se dispersam e se volatilizam, sem nenhum acesso ao caminho."

Aquele caminho parecia estranhamente escondido, interditado por sentinelas que gritavam em sinal de alerta e rechaçavam os intrusos. O caminho cintilava luz divina e um pequeno filósofo, lá no alto, acima do sétimo céu, debatia-se entre o espaço e o vácuo.

A via invocava um tonel de vinho divino, fechado e bem arrolhado. Ninguém se interessava. Eu ficava à espreita, de ouvidos atentos para o mundo, e escutava. O tonel foi aberto por Maulana e aqueles que dele tiraram proveito deviam isso tão somente a ele. Sem ele, eu jamais teria tido acesso àquele vinho. Sem mim, ele nunca teria tido acesso ao caminho.

Iluminado por uma auréola de luz, as costas apoiadas em uma pedra sepulcral, Maulana me disse: "Aceita a minha necessidade".

Eu lhe disse que o gnóstico ria de tudo o que ouvia, pois percebia a situação de cada um e agradecia a Deus por não tê-lo imobilizado no caminho. Maulana era aquele gnóstico que enxergava a situação de cada um. Mas existia uma outra pessoa que só era vista por Deus e que enxergava claramente a situação daquele gnóstico. Essa pessoa era eu.

Ele também se pôs a rir. Nossos rá-rá-rás acordaram o guarda, que soltou os cachorros atrás de nós. Pulamos por cima dos túmulos, rindo.

Éramos a alegria na tristeza, a hilaridade em um cemitério.

A partir da nossa união, Maulana se desfez de todas as suas pregações. E eu parei de disseminar minhas palavras, ainda que elas produzissem cem frutos.

Mesmo assim, um dia ele teve de subir ao púlpito. Estávamos comendo quando a porta se abriu. Seus companheiros invadiram a sala, implorando um curso, uma narrativa, algumas frases. Não havia mais escolha. Se ele fechasse a porta: gritos, calúnias. Ele cedeu. Se ao menos suas palavras e parábolas pudessem instruí-los!

Eles guardavam a aparência das palavras, mas nunca percebiam o verdadeiro sentido delas. Como podiam colocar as palavras em prática sem compreendê-las? Eu não aguentava mais. Saí para lavar meu cabelo: "O que vais fazer? Vais-te embora? Ficas?".

Digerir uma única pergunta valia mais que lambiscar mil. Depois de um primeiro bocado, foi preciso aguardar a boa ação e, em seguida, pegar o segundo. A mesma coisa para a escuta e a sabedoria. Quando escutava as palavras de Maulana, eu me concedia tempo para digeri-las, para engolir as graças e as desgraças. Se não conseguia, no dia seguinte eu ainda as ruminava.

Se eu, Shams de Tabriz, precisava deixar entre cada lição o espaço de um dia, então para eles seriam necessários mil anos de distância entre duas palavras.

Uma vez, estávamos reunidos ele, eu e outros. Um tal de Khajegi anunciou o *azan*.[52] Ele fabricava berços e tinha imigrado para Konya com o pai de Maulana. Levantamo-nos e começamos a prece noturna sem Maulana, que ficou sentado o tempo todo. Ao fim, vi que o imame e

---

52  Chamado feito pelo muezim convocando os fiéis muçulmanos à prece (*sala*). (N. T.)

todos nós havíamos dado as costas para a *qibla* e completado a prece na direção de Maulana.

Ele percebeu, levantou-se e efetuou a prece em minha direção, salmodiando: "És tu minha *qibla*, meu objetivo, meu amado!". Khajegi apurou os ouvidos. A litania havia sido totalmente dirigida a mim.

Maulana e eu não precisávamos de ninguém. Isso se notava. Ele se afastava a passos de gato da voz de seu pai, do grilhão de sua família, das lamúrias de seus companheiros, também dos sofrimentos deles.

Para mim, certos sofrimentos não podiam ser tratados. O médico que cuidava deles era um ignorante. Outros podiam cicatrizar. Quem não cuidava disso era um irresponsável.

Os fiéis me faziam lembrar daquelas pessoas que acusavam o médico de ter salvado seu paciente — e não o próprio pai e o filho —, aquelas pessoas que admoestavam o Profeta por ter deixado o tio, Abu Lahab, nas trevas; aquelas pessoas que criticavam o agricultor por ter semeado grãos noutros lugares que não fossem sua casa.

Para eles, Maulana era o médico que abandonava o filho e deixava o pai morrer. Ele era Muhammad, que menosprezava Abu Lahab. Também era o camponês que privilegiava uma terra distante. Essa terra era eu.

Uma quinta-feira como outra qualquer, ouvi um som de *ney* vindo da cela dele. Aproximei-me e vi, pela fenda da porta, Maulana sentado sobre um tapete de pétalas de rosa, no meio de uma roda de mulheres, falando em voz baixa. Fiquei de fora, atordoado. Jamais santo algum, mestre algum ousara reunir tantas mulheres casadas, à noite, sob seu teto, para recitar poesia e praticar o *sama* ao som de *ney*. Talvez ele estivesse no caminho certo. Entre as mulheres, reconheci a jovem Kimia, filha adotiva de Maulana, a quem eu desposaria pouco depois, e sobretudo a sultana

Gurju Khatun, que antigamente fora princesa georgiana, convertida ao islã e fervente discípula de Maulana. Dizia-se que o sol estampado em nossos dinares representava Gurju, e o leão, o sultão em pessoa. Ela tinha o coração e a mão abertos. Sempre que Maulana precisava de dinheiro — a bolsa da filha de um discípulo, a reforma do teto de uma escola —, era a ela que ele recorria. Gurju tinha o privilégio de possuir uns vinte retratos de Maulana. A pedido da sultana, um pintor grego o fizera posar durante um dia inteiro. O pintor, insatisfeito com o trabalho, recomeçara várias vezes e abandonara o exercício ao cabo de umas vinte tentativas.

O próprio Maulana ficou surpreso e compôs este poema:

*Ah! É sem a mínima cor*
*E sem sinal algum que sou!*
*Mas quando poderei me ver?*
*Como eu de verdade sou?*

*Tu dizes: "Traze os segredos,*
*Fala deles, põe-nos no centro",*
*Mas quem dirá onde é o centro*
*Daquele centro que eu sou?*

*Meu oceano, nele mesmo*
*Que ele também se afogou.*
*Que estupor, esse oceano*
*Sem margem alguma, que sou.*

*Veio uma voz, que perguntou:*
*"Mas qual a razão de correres?*
*Olha cá, dentro do visível*
*Esse invisível que eu sou".*

*Eu mesmo o vi, Shams de Tabriz
E foi assim que me tornei
Único oceano, o tesouro,
E a mina também, que sou.*

Quanto a Gurju, ela guardava todos os desenhos numa caixa e os levava consigo em todas suas viagens. Tão logo ela sentisse a falta de Maulana, olhava para eles e se consolava.

Estou longe dele. Não tenho em minha posse retrato algum e penso nele dia e noite. Quem me consolará, agora que ele se tornou, para mim, o único oceano, o tesouro e a mina?

Quando eu estava em Konya, a cada nascer do sol, a cada aparição da lua, eu via Maulana parar diante dos astros e recitar uma passagem do Alcorão, dizendo que "o Sol, a Lua e as estrelas estavam submetidos à ordem de Deus".[53] Eu também me interessava pela rotação do orbe celeste. Mas a explicação dos astrônomos divergia da do Alcorão. Eu forçava Maulana a subir no pequeno quiosque, no teto, para escrutinar o céu comigo e considerar as teorias dos sábios, principalmente a do persa Tusi,[54] que afirmava que a terra não era imóvel. Eu gostaria de ter conhecido esse cientista. Mas ele vivia havia anos

[182,20]

---

53 Alcorão 7,54.
54 Filósofo, matemático, astrônomo e teólogo persa, Nasir Al-Din Al-Tusi (1201-1274) participou da edificação do observatório astronômico de Maragha.

na fortaleza de Alamut, junto aos Assassinos.[55] Lá, eles acolhiam eruditos que fugiam dos mongóis e colocavam à sua disposição uma biblioteca importante e os mais recentes instrumentos astrológicos.

Pena eu nunca ter ido lá.

Naquela época, eu seguia a doutrina de Al-Shafi'i, e Maulana praticava a de Abu Hanifa.[56] Eu me nutria, no entanto, de algumas das teorias de Abu Hanifa. Por que negá-las? Eu estava aberto a todos os pensamentos.

Um dia, o sheik Saraj enviou um de seus ferventes discípulos para confundir Maulana durante uma de suas pregações. Seu erro: ter dito que tolerava as setenta e três religiões. Só isso. Eu estava presente quando o discípulo se introduziu no santuário, cortou sua fala e perguntou, vociferando, se ele ainda tolerava as setenta e três religiões.

Do alto do púlpito, Maulana repetiu: "Estou de acordo com as setenta e três religiões!".

Continuando a insultá-lo, o discípulo se aproximou do mimbar subindo os degraus a passos largos. Maulana deixou que ele se aproximasse, tomou seu rosto nas mãos e acrescentou, rindo: "Estou igualmente de acordo com o que dizes!". O discípulo desabou a chorar.

---

55 A fortaleza de Alamut, em Elbruz (no sul do atual Irã), foi construída como local de proteção das invasões estrangeiras. Os membros da Ordem dos Assassinos viviam ali em confraria militar e em intercâmbio intelectual, liderados por Hasan ibn Sabbah (*c*. 1050-1124), ele mesmo um seguidor do ismaelismo, vertente xiita do islã. (N. T.)

56 Respectivamente falecidos em 820 e 767. São dois dos quatro imames fundadores das grandes escolas jurídicas do islã sunita.

Maulana desceu do púlpito e, para não cair, levantou prudentemente a barra de sua túnica. Seus dois filhos quiseram mandar o intruso embora. Ele os impediu com um gesto da mão. Cochichei no ouvido de Maulana:
"Torna-te estrangeiro às pessoas!"

Saímos da sala, seguidos pelo discípulo de Saraj, que alegava subitamente ter descoberto a Verdade.

Para afastá-lo, eu lhe disse: "A Verdade e os homens jamais podem se ligar ou pertencer um ao outro. O que podemos arrancar de ti? De quem podes nos libertar? De quem podes nos aproximar?".

Maulana parecia os profetas daquelas setenta e três religiões e devia agir como eles. Os mensageiros não se misturavam à multidão, por mais que, em aparência, transitassem nela. Conhecer os ignorantes parecia mais difícil que conhecer a Verdade. [231,11] [657,16]

Dirigi-me de novo ao discípulo de Saraj: "Tu, que buscas apenas um só profeta, tens de saber que os mensageiros trazem para dentro de sua comunidade apenas aquilo que se encontra nela e que se esconde por trás de um véu. Revelam-se para derrubar o véu. Seu refrão: 'Olha-te num espelho!'". Esse espelho eu havia estendido diante do rosto de Maulana. [93,16]

O discípulo não nos largou mais. Implorava nossa atenção como uma abelha implora pelo néctar. Ainda me recordo da cantilena de seus lamentos. Acabei gritando: "A companhia dos ignorantes é nociva, proibida!". Ele foi embora, arrastando os pés. [188,10]

Falar e comer com os ignorantes era ilícito. Eu não podia engolir a comida deles. Como Maulana conseguia? [188,12]

Eu convivia com aqueles ignorantes todos os dias, no pátio, nas escolas, no tribunal, no bazar, nas ruas escuras e estreitas, nos intermináveis pedágios das pontes, nos vestiários dos *hammams*, nos toques de recolher, rondando entre as crianças de rua, os falsos sheiks, os eruditos superficiais, os cientistas glaciais, os caçadores, os jogadores de xadrez, de damas, de polo, os columbófilos, os moleiros.

Impossível evitá-los. Rodeavam Maulana e quase todos me detestavam. Aonde quer que ele fosse, suas cabeças e seus rostos apareciam na hora.

Nossa relação parecia uma corda que tensionava, se soltava, se desmembrava e finalmente se rompia. Um defeito podia esconder mil qualidades. Uma qualidade podia ocultar mil defeitos. O rancor deles era o único defeito que eclipsava todas as suas qualidades.

[90,17]

Eu dizia: "A obediência ao Profeta é uma imersão no interior de si mesmo. Mas não é qualquer um que pode acessar essa via, e poucos são os que conseguem chegar a essa imersão. Donde as cinco orações, os trinta dias de jejum e a peregrinação a Meca. Através dessas obrigações, Muhammad esperava salvar os desfavorecidos, distingui-los dos privilegiados e fazer-lhes sentir, contudo, alguns eflúvios dessa imersão".

[612,22]

Eles captavam o sentido dessas palavras? Eu não me preocupava com isso.

Se algo tivesse de ser dito e o mundo inteiro me agarrasse pela barba para me impedir de falar, eu o proferiria, mesmo sabendo que alcançaria seu destinatário apenas mil anos depois.

[681,1]

Na minha juventude, eu ouvira um servidor de Deus dizer a um descrente: "Tu Lhe pertences e eu também. Tu és Sua cólera. Eu sou Sua beleza".

Eu dizia a mesma coisa à tribo que me cercava: "A cólera olha para a ternura com seus próprios olhos e não vê neles senão cólera. É assim que vocês me veem."

Encarei-os, um a um: "Olha! O mongol está dentro de ti! O mongol é a tua própria cólera! Satã corre dentro de tuas veias, nas veias dos teus semelhantes, nas veias

[203,11]

de todos os filhos de Adão. Moisés, Jesus, Abraão, Noé, [173,13]
Adão, Eva e até o impostor Dajjal estão todos dentro de ti". [212,23]

Eu pegava ao acaso um dos discípulos pela gola e lhe dizia, chacoalhando-o com muita força: "És o universo sem fronteiras. Nem mesmo Deus está no céu ou em cima de um trono. Está no coração do crente, em teu próprio coração!". [213,1]

Eu levantava sua cabeça, depois a baixava em direção ao chão: "Não há nada a buscar lá no alto, nem aqui embaixo. A salvação se encontra em outro lugar, na abertura do coração". [213,5]

O discípulo maltratado desvencilhava a cabeça a duras penas e dizia: "Deus é um".

"Sim, Deus é um, mas o que você tem a ver com isso? És tu quem está na dispersão. Deus vai rumo ao [280,15] seu servidor. O servidor vai rumo a Deus. O universo inteiro se encontra dentro de uma só pessoa. Se ela se conhece, conhece tudo." [203,10]

Eu olhava para todos eles e dizia: "A Kaaba está no meio do mundo. Onde quer que os fiéis estejam, eles se voltam a ela. Se essa Kaaba é retirada, a prosternação deles vai rumo ao coração de uns e de outros". [224,17]

Eu me prosternava diante deles, mas aquilo os espantava.

De onde era a fome? E as criaturas de Deus, de onde? De onde as prescrições religiosas? E a devoção, de onde? [613,4]
Eu não era compreendido.

Originários do Khorasan,[57] os discípulos de Maulana afirmavam que o mestre deles, filho do sultão dos eruditos

---

57 Khorasan ("terra do oeste") é uma região histórica da Pérsia que englobava partes dos atuais Irã, Afeganistão, Tadjiquistão, Turcomenistão e Uzbequistão. (N. T.)

e nativo daquela região, decaíra muito baixo ao seguir o homem de Tabriz, que era eu, um estrangeiro entre os estrangeiros, que, como se não bastasse, falava persa com o sotaque de Tabriz.

[737,4]

Eles também jogavam na minha cara umas frases do Profeta: "A fé engendra o amor à pátria!". Assim, insinuavam que eu era infiel por ter sido arrancado de todos os lugares do mundo.

[737,1]

Sim, Muhammad proclamara isso, mas como podia se contentar com Meca? Meca pertencia a este mundo. Não a fé, não a crença. Não. Como ele podia desejar Meca enquanto cobiçava o outro mundo? Eu desejava a pátria de Deus. Como eu podia me satisfazer com Tabriz?

[737,1]

As hostilidades se multiplicavam como formigas ou gafanhotos. Todos procuravam me confundir. Eu me lembro daquele jurista que barrou minha entrada na mesquita de Konya, gritando: "Pronuncia-te, de uma vez por todas. O vinho é permitido ou não?".

Para mim, tudo parecia claro. Se um tonel de vinho é derramado no mar, ele não transforma a água. Os fiéis podem inclusive se servir dela para suas abluções. Mas basta que uma única gota de vinho caia em uma pequena bacia para tornar toda a água impura.

O oceano era eu. A pequena bacia era ele. A pequena bacia constituía seu mundo. Eu não me proibia nada, principalmente de entrar no pátio da mesquita com uma jarra de vinho na mão.

Todos buscavam a amizade de Deus. Pensavam que, para consegui-la, só precisavam entrar num aposento, encontrar o Criador e conversar com ele. A situação parecia fácil para eles, tão simples quanto consumir uma sopa de macarrão em uma estalagem.

[236,1]

"O universo de Deus é grande e espaçoso. Colocaste-o numa caixa do tamanho de teu intelecto!" Foi essa a minha única resposta aos meus detratores — e eles eram uma legião. Aprisionavam o Criador do intelecto dentro do próprio intelecto deles, e o Profeta era seu próprio mensageiro. Para ver o Enviado de Deus, era preciso observar Maulana. Mas eles eram incapazes. Bando de cegos, de ignorantes.

Certa vez, em sonho, recitei a Maulana esta passagem do Alcorão: "Tudo perecerá, salvo o rosto de Deus".[58]

Acrescentei: "E do amigo".

Para mim, ver Maulana em estado de vigília era uma bênção.

Para Maulana, ver a mim era uma incursão nos corações, uma perfuração na inteligência, uma celebração divina.

Mas isso não era o suficiente para ele. Ele se mostrava cada vez mais dividido: ele e eu ou ele e os outros — sua esposa, seus filhos, seus alunos, seu sultão. Eu era só um velhote friorento. Em um daqueles dias em que a balança pendia para o outro lado, fui me sentar perto dele. Ele recuou. Os altos e baixos o oprimiam. Nossa união, eu disse a ele, ia além de qualquer explicação. Só era preciso se submeter a ela. Se ele possuía o jardineiro, o jardim lhe pertenceria, e ele só teria que fazer uso dele.

Pois é. Ele havia provado do prazer da união e tocado em sua retribuição. Melhor teria sido não ter provado. Eu lhe propunha mergulhar no interior do universo divino, aspirar a algo maior, mais alto.

Ó, Maulana, "Deus é grande" significa: ergue teu pensamento e eleva teu olhar mais alto, mais alto, ainda mais alto. Ó, Maulana, se queres seguir o Profeta, imita-o em sua ascensão. Muhammad subiu ao céu, tu também podes ascender ali. Precisarias somente arranjar, dentro de teu coração, um lugar de repouso. Utiliza-me como alavanca.

---

58  Alcorão 28,88.

Ó, Maulana, enquanto não beberes de outras fontes, não haverá ruptura entre nós. Ele não disse "Inshallah", e isso me afetou. Talvez esperasse a separação. Quando eu quis deixar a cela, ele nem sequer me impediu.

Eu havia enchido uma taça. Não podia nem beber nem derramá-la. Meu coração não consentia, como antes, abandonar tudo, partir. Ele me encorajava a me arrepender, a rejeitar meus velhos hábitos. Segui meu coração e me dirigi, naquela mesma noite, ao encontro de Maulana. Se eu não fosse para lá, algo entre nós se rompia — era o que eu sentia —, desaparecia, morria. Noutras situações, podíamos dormir separados. Mas, dessa vez, isso não era permitido.

[650,15]

"A água está no vaso!" Isso descrevia a nossa situação. Sem o vaso, eu não conseguia beber. Maulana era minha Kaaba e meu templo. Se eu quisesse ter acesso à beleza de Deus, precisaria de um único companheiro. Ele.

[676,16]

Fui ao encontro dele e cochichei em seu ouvido:

"Ó, Maulana, deixa o sono de lado hoje à noite e atravessa a rua dos sem sono. Vê aqueles que lá enlouqueceram, aqueles que, tais como borboletas, ali são dizimados pela união. Vê a garganta do amor, aberta como a de um dragão. Abre teus olhos e vê. Até quando dirás 'Não sei isso, não sei aquilo'? Cura-te do cólera da hipocrisia. Penetra no mundo vivo e eterno. Para que os teus 'eu não vejo' se tornem 'eu vejo', para que aqueles 'eu não sei' que dizes se tornem 'eu sei'. Supera a embriaguez e torna-te aquele que dispensa a embriaguez. Por mais quanto tempo continuarás a te vangloriar da embriaguez que a glória deste mundo te traz? Basta. Na esquina de cada rua, há embriagados o suficiente. Ascende, com graça. Ascende mais alto, ainda mais alto. Ascende, torna-te ébrio e embriaga."

Naquela noite ele não disse nada. Mas, agora, separado dele, enquanto os trechos de sua poesia chegam até mim, dou-me conta de que ele guardara tudo consigo. Um de seus poemas, ao viajar da Anatólia à Síria e até a Índia, relata aquelas palavras remotas. Ele as tornou suas, apropriou-se delas. Inclusive me pergunto se fui eu mesmo quem as pronunciou.

Ao redor de Maulana, dois grupos. De um lado, os velhos homens de Khorasan, que outrora[59] fugiram dos mongóis e seguiram seu pai até Konya. Requentando obras datadas, eles me lembravam cavaleiros em uma sela sem cavalo. Do outro lado, os jovens assimilados em Konya pelo próprio Maulana. Os primeiros me detestavam. Os segundos me toleravam, inclusive me apreciavam. Entre esses últimos, seu jovem filho Baha, o ourives Salah e o jovem escriba Hosam.

A palavra do ourives me surpreendia. Na presença de Salah, eu me assemelhava a um homem que observa um funâmbulo avançar, a passos firmes, sobre uma corda alta, imensa e vibrante, enquanto seu próprio coração se deixa levar. E, no entanto, Salah não se expressava bem e mal sabia escrever.

Alguns anos antes de minha chegada a Konya,[60] ele havia ido a uma pregação de Maulana. Abalado, ele urrara por muito tempo e viera se jogar aos pés do mestre. Nunca mais se abandonaram. Salah me disse várias vezes que continha dentro de si fontes de luz, escondidas, invisíveis. Maulana havia aberto seus olhos. Desde então, aquelas luzes bramiam, diante de seu olhar, como as ondas do oceano. Impossível não vê-las.

Ele trabalhava duro e nunca tinha dinheiro.

---

59   Em 1216, a família de Maulana fugiu da invasão mongol.
60   Shams chega a Konya em 1244.

Hosam, pelo contrário, era culto e belo. Descendia do fundador de uma confraria sufi, os Akhi. Quando o pai morreu, os discípulos quiseram jurar lealdade a ele. Ele recusou e mandou-os se submeterem a Maulana. Hosam anotava os poemas e coletava também minhas próprias palavras. Não fosse por ele, tudo teria se perdido.

Possuía em Faliras um jardim que rivalizava com o paraíso. Um dia, enquanto eu passeava por lá, degustando seu famoso mel branco, ele me disse que se sentia perfeitamente disposto a vender a propriedade e, com a receita, me passar o comando. Ele podia se desfazer de seus bens confortavelmente. Iria longe.

Intermediando uma determinada quantia, ele concedia reuniões aos dignitários que pediam para me ver, como Mikail, o tenente particular do sultão. O próprio Maulana havia estabelecido o preço de quarenta mil dirrãs, um tesouro. Mikail negociou duro e o baixou para trinta mil. Eu imediatamente encarreguei Hosam de distribuir o dinheiro aos necessitados e à prole de Salah: entre eles, sua filha Fatemeh, a quem eu amava de maneira muito particular.

A pedido de Maulana, Hosam se ocupava das finanças e do gerenciamento das oferendas. Os dois irmãos, Baha e Ala,[61] obviamente não gostavam daquilo, sobretudo Baha. Em cima do muro, Hosam aceitava as doações, mas em prol de Baha, de sua sogra Kera e de outros companheiros. Eu os observava de longe e me perguntava como seria possível invejar um contador, um gestor. Eu viera para subtrair, pilhar, roubar.

---

61   Ala Al-Din é o filho caçula de Maulana. Nunca aceitou a presença de Shams ao lado de seu pai. Ele teria inclusive tramado para exterminar Shams. Quando ele morreu, em 1262, Maulana não foi ao seu funeral.

Como eu não fazia questão de ter discípulos, não media minhas palavras. Assim, eu não receava contrariá-los nem rechaçá-los. Maulana, contudo, administrava seus acólitos, seu lar, as baboseiras. [187,11]

Um dia, ao falar sobre limitação intelectual, magoei as pessoas deles, o "eu" deles. Se fossem meus discípulos, eu teria me calado e deixado as coisas arrefecerem. Mas Maulana quis apaziguá-los e demonstrar sua própria modéstia. Consegui impedi-lo. Por mais quanto tempo, porém? [751,6]

Eu não via razão alguma para sobrecarregá-lo com meus aborrecimentos. Como, na presença dele, eu poderia falar da animosidade e do amargor de um bando de idiotas?

As palavras eram direcionadas aos outros, aos estrangeiros. O convite e o discurso dos profetas se dirigiam aos outros. Como eu podia falar com Maulana, aquele homem que não era um outro?

Ele entrevia a possibilidade de um diálogo desprovido de sons e de vocábulos. Eu pensava que a palavra acompanhasse a separação, não a união. Nenhuma forma de palavra — provida e desprovida de sons e de vocábulos — teria sido conveniente à união. Estávamos unidos, e eu não lhe dizia nada. [770,14]

Lá onde a Verdade jogou sua máscara e desvelou sua beleza, a palavra não é senão um pretexto. A palavra é [225,3] uma flecha. As flechas preenchiam minha aljava. Mas eu era incapaz de atirar. [115,23]

Qual é o sentido da palavra?

O campo da palavra é amplo, o campo do sentido é estreito. Existe, porém, um outro sentido que engloba o campo da expressão, dos vocábulos e dos sons. Ele os esmaga. Engole-os. De tal modo que não resta mais expressão alguma. Esse silêncio, que era meu, não vinha da falta, mas da abundância de sentido. [98,5]

Para mim, havia apenas a poesia. Todo o resto parecia burburinho. Sem poesia, sem versículo, sem aquela coisa que ia se derramar sobre Maulana, eu não podia falar. Eis a razão pela qual eu não ficava com os não poetas.

Ibn Arabi era poeta. Ainda me ocorre murmurar seus versos:

> *Meu coração fez-se capaz*
> *De acolher em si toda forma.*
> *Ele é pasto para gazelas*
> *Também convento para monges!*
>
> *Ele é um templo para ídolos*
> *E a Kaaba a quem contorna,*
> *Ele é as tablas da Torá*
> *Também as folhas do Alcorão!*

No entanto, eu o abandonei. Sentia que não andávamos no mesmo ritmo.

À exceção de Ibn Arabi e Auhad, os outros sheiks não sabiam sequer compor um verso. Abandonei-os com alegria. Em Damasco ou mais tarde em Konya, acaso sabia eu que o majestoso Maulana escondia, dentro de si, um imenso poeta? Não saberia dizer. Com ele, baixei o escudo, tirei a cota de malha, arranquei o capacete. Avancei sem defesa e ganhei. Ele se tornou meu prisioneiro, minha coisa, uma cera em minha mão. Quis esculpir um poeta. Nenhuma outra forma humana me interessava, nem pai nem esposo, nem mestre nem profeta.

Se o mais medíocre dos poetas não tivesse existido, eu teria me retirado. Quando, em uma apresentação, eu recorria à poesia, eu a desembaraçava, revelava seu segredo.

Por todas essas razões, eu não podia falar com Maulana. Mas eu o via distanciar-se de mim. Ele se arrependeria disso, pois eu havia decidido partir e puni-lo. Ninguém havia compreendido que eu preferia a poeira de Maulana ao ouro da humanidade inteira. Ninguém, nem mesmo ele.

Era preciso puni-lo.

Partir! Eu sonhava somente com essa partida e com as cidades já percorridas. Propus a ele que viajássemos juntos, que fôssemos a Mossul — que ele não conhecia — e que nos estendêssemos até Tabriz, onde ele até poderia retomar seus velhos costumes, como pregar e frequentar solitários, eremitas. Dali, poderíamos ir para Bagdá e para Damasco. Ele pensava que nos faltaria dinheiro. Eu lhe disse: "Fica quanto tempo quiseres e reúne a quantia. Mas aceita que eu me vá!". [353,17]

E, no entanto, eu viera a Konya para me estabelecer. A partir de então, eu me sentia instável ali, de pés para o ar, tremendo como o mercúrio. [353,26]

Maulana não queria se mexer e eu não podia decidir por ele. Logo, impus a mim a partida. Mas sozinho.

Separados um do outro, expressaríamos o que calávamos, o que escondíamos, o que sugeríamos através de enigmas.

Pouco importavam o destino e o número de viagens, desde que minha partida se cumprisse pelo bem de Maulana. Eu via a Anatólia, a Síria, a Kaaba, Istambul com os mesmos olhos. [163,17]

Maulana permanecia. Estava ele cozido pela nossa união? Seria consumido por nossa separação? Eu havia chegado ao ponto de enxergar tudo com o mesmo olhar, o ouro e a poeira, a pedra e a joia, o trono e a madeira. Só pensava em partir.

Alguém perguntou a um sufi se ele preferia um tabefe em espécie ou um dinar em parcelas. Ele respondeu: "Bate e vai embora!". [760,13]

Ir embora era tudo o que eu desejava.

Eu precisava de dinheiro e de um cavalo. Um irmão me deu vinte dirrãs. Aquilo me bastava. [773,2]

Parti. Sem dizer palavra, em um dia de inverno do ano de 643,[62] exatamente quatrocentos e sessenta e oito dias após nosso encontro em Konya.

Subitamente, as palavras jamais ditas em sua presença, enfurnadas, amontoadas dentro de mim, derramaram-se como uma enxurrada: "Preciso saber como definir a nossa vida em comum. Irmão e amigo? Detesto isso. Professor e aluno? Bosta, esterco".

[686,5]

A caravana atravessava montes e vales. Eu não fazia mais nada além de me dirigir a ele: "Consideras-me superior e nada me ensinas. Se eu podia me instruir em Konya, então partir para Alepo ou para outro lugar seria pura provocação".

De noite, no caravançarai, eu estendia o colchão e murmurava pensando nele: "Possuis um outro mundo, diferente do meu. Comparas meus escritos aos dos outros. Mas, quando se trata de teus textos, eu não os comparo sequer com o Alcorão. E, quando ordeno que escrevas, torces o nariz".

[686,18]

Na estrada de Alepo, eu estava hospedado em um caravançarai maldito e acordava culpando-me por não ter denunciado seus acólitos. Por que, logo nas primeiras humilhações, eu não disse nada a Maulana? Eu teria me livrado disso e ele teria compreendido. Agora eu sei — mas a que preço! — que é preciso evitar se perguntar noite e dia: "Como dizer isso ao amigo?". É preciso dizê-lo. O amigo compreenderá.

Fiz a primeira refeição na companhia de dois mercadores que pareciam inseparáveis. Uma manhã, enquanto comíamos pães recém-saídos do forno, bem quentinhos, perguntei-lhes sobre a duração de sua amizade. Engoliram um bocado e jogaram, ao mesmo tempo, as mãos para trás: "Ah... Faz muito, muito tempo".

---

62   No calendário gregoriano, corresponde ao ano 1246.

Acontecera-lhes de brigar? "Nunca." Feriram um ao outro? "Várias vezes." Eles tampouco haviam expressado esse sofrimento.

O sol me aquecia, molhei um pedaço de pão no iogurte e soube que, ao falar disso com eles, eu estava me dirigindo a mim mesmo. Maulana e eu estávamos necessariamente feridos. Porém, por medo, nós havíamos enterrado nossos tormentos.

Ao longe, avistei o mar. Eu pouco me importava. Meu humor se assemelhava a chuva fria, a lama que imobilizava as rodas, ao meu alforje transbordante. Quando chegara a Konya, via-me como uma joia saída das latrinas. Pensava ter escapado por pouco. Mas a tribo dissonante, a tribo cega, não parava de me lembrar que eu ainda me encontrava ali, talvez até para sempre. Acontecia-me de não me reconhecer mais.

Na praça de um burgo, nem lembro mais o nome de lá, certa noite uns saltimbancos haviam erguido um estrado e manipulavam bonequinhos. Parei para observá-los. Eles faziam de conta, simulavam, e esse era o seu ganha-pão. Os bonecos subiam uma escada imaginária e eu dizia a mim mesmo que não trocaria a poeira dos sapatos velhos de um enamorado pela cabeça de certos sheiks que também faziam de conta, mas sem bonequinhos, sem confessá-lo a si mesmos.

Finalmente cheguei a Alepo e me instalei em um caravançarai. Um homem, que talvez tenha me reconhecido, perguntou por que eu não ia ao *khaneqah*. "Aqueles que se encontram ali", eu lhe disse, "não têm a ambição de amadurecer. Não me assemelho a eles." Ele quis então saber por que eu não ia a uma madraça. "Não entendo o debate deles. Se eu explicar literalmente, não haverá o que debater, e se explicar com minha própria linguagem, os alunos começarão a rir e a escarrar blasfêmias."

Eu era um estrangeiro. O lugar de um estrangeiro era em um caravançarai.

Eu podia me esquivar de Maulana, mas não de certos jovens que me queriam como mestre. Seguiam-me por toda parte. Reconheci um deles na estrada de Alepo. Ele me ajudou a transportar minhas coisas e sacudiu a poeira de meus pés. Durante uma parada, pediu-me para definir a alegria. Para alegrá-lo, respondi que a presença dele era, justamente, sinônimo de alegria. "Inshallah, assim queira Deus. Estarei no paraíso!", exclamou. Eu lhe disse que, para mim, Inshallah já não existia mais, que havia muito tudo era "aqui, agora". E a ausência de Maulana dominava tudo. O rapaz partiu.

Subitamente comecei a chorar, mas protegido dos olhares. Não queria que Maulana, por um meio ou por outro, ficasse sabendo disso. Eu devia aguentar firme.

Tanto na época de Ibn Arabi como no tempo de Maulana, minha fala desatava nós, inflamava o público. Alguns queimavam, outros não. Lembrei-me de uma de minhas pregações em Konya, em que Kera não pôde conter suas lágrimas. Agora, as lágrimas se convidavam para o meu próprio rosto. E eu escondia isso, como o sol em uma partícula, ou o oceano em uma gota.

Todos os dias eu rogava a Maulana, falava com ele, evitava qualquer companhia. Ele ausente, de que adiantava encontrar os outros? Se eu ficasse por mais tempo em Alepo, trabalharia ou me instalaria em um *khaneqah*. A ociosidade não me convinha.

Eu havia acabado de deixar Konya, mas já estava pensando no retorno.

Por fim, enviei uma mensagem a ele. A resposta não tardou. Ele demolia todos os meus esforços. Ele destruía num instante, com um chute, o que eu havia construído ao longo de algum tempo. Mesmo se eu fosse feito de pedra sua carta teria me abalado. E eu não era de pedra.

Guardei o manuscrito: "A partir do momento em que partiste em viagem, ficamos feito cera, privados de toda doçura. A noite inteira queimamos feito uma tocha, unidos a teu fogo e famintos de mel. Sem ti, o *sama* não é lícito, é digno de ser apedrejado como Satã. Sem ti, não foi possível compor poesias apaixonadas, até o recebimento desta honrada carta. Que nossa noite se torne, graças a ti, uma manhã clara...".

Eu resistia. Sabia que ia retornar a Konya, mas o momento ainda não havia chegado. Eu ainda percebia o olhar de ódio da tribo dissonante. Não me mexia, e azar o deles se ambos ficássemos abatidos como dois sedentos debaixo do trovão. À noite, eu acendia uma vela. Relia a carta e, para não me precipitar nas estradas, falava, acusando-o, em voz alta: "Lembra-te de tua iluminação, de teu despertar, no primeiro dia de todos! E imagina o homem que hoje serias se tivessem me permitido!". Eu estava falando tão alto que o guarda, pensando que fôssemos duas pessoas na cela, veio cobrar o aluguel do segundo ocupante.

Eu ardia. Não suportava mais aquele suplício. Mas sabia que Deus me preferia naquele estado. Ele me queria em chamas, em cinzas. Aquilo me lembrava uma amante que, deliberadamente, quebrara sua pérola. Seu amado quis saber a razão: "Justamente para que tu faças essa pergunta!", ela respondeu. Enquanto as nuvens de minha dor não encobrissem o céu inteiramente, o oceano da misericórdia não se moveria. [624,11]

E, no entanto, eu gostava muito de Alepo, de suas casas, suas estradas. Erguia a cabeça: ameias.[63] Baixava a cabeça: fossos. Além disso, lá se comia bem. Se Maulana estivesse comigo, nós dividiríamos espetos tenros e suculentos. Não como aqueles de Kera, que estavam sempre secos e duros. [340,8]

Em suas cartas, Maulana dizia que eu lhe bastava, que ele deixava o empréstimo em parcelas para algum

---

63 Elemento arquitetônico que consiste em parapeitos denteados no alto de muralhas ou torres de castelos. (N. T.)

outro. Antes de partir, eu me perguntara: um tabefe à vista ou um dinar em parcelas? Eu escolhera o tapa. Era eu a sua punição?

No caravançarai, eu cruzava com viajantes vindos de Konya. Os que conheciam Baha, o filho de Maulana, ou Salah, um dos raros discípulos de que eu gostava, relatavam que o mestre falava de mim com avidez, como um Jacó saudoso de seu José. Maulana, assim eles diziam, havia compreendido que eu buscava Deus através dele. Eu andava pelo pátio do caravançarai e gritava: "Errado, isso está errado! Não estou buscando Deus através de ti! És tu quem eu busco através de Deus!".

Eles partiam. Eu voltava para o meu quarto, chamava por Maulana, recordando-me das boas lembranças, nunca das ruins. No entanto, eu falava para mim mesmo que não retornaria a Konya.

Um dia, o caravançarai foi abalado pela chegada de uma escolta imponente, e a poeira tomou conta de todo o pátio. Abri a claraboia da minha cela e vi as silhuetas de uns vinte cavaleiros. Depois, ouvi uma voz conhecida que se aproximava de mim, a voz de Baha. Fiquei atônito. Eu sabia a razão de sua presença, bem como sabia que não resistiria a ele.

Abri a porta. Ele imediatamente se ajoelhou e beijou meus pés. Ajudei-o a se levantar. Depois, sem esperar, perguntei se eu havia mudado. Ele balançou a cabeça. Eu era o mesmo. Eu poderia permanecer cem anos longe de Konya e minha aparência permaneceria a mesma. Fazia realmente questão de que ele percebesse isso. Estendeu-me uma bolsa repleta de dinares e uma carta de seu pai.

Ao desdobrá-la, meu coração estremeceu, uma folha debaixo da tempestade. Baha falou do pai, que, desde minha partida, não se entregava mais ao *sama*, não compunha mais poemas. Reconheci sua letra. Meu coração parou. Lembrei-me de uma frase de Maimônides que afirmava que a parada cardíaca acontecia quando o coração não injetava mais sangue nem no organismo, nem no cérebro. Será que eu era vítima dessa parada? Li:

*A noite inteira, tal qual tocha, eu ardo,*
*Que de minha noite faças minh'alba!*

Depois, Baha retomou a fala: "Atravessei os desertos sem mágoa nenhuma. A montanha me parecia palha. Os arbustos sob meus pés, seda. O calor ou o frio, açúcar, carne de tâmara".

Garantiu que meus detratores caminhavam cabisbaixos e lamentavam seus próprios atos. Ao ver o estado miserável do seu mestre, perceberam que, sem mim, nada funcionaria. Maulana não falava mais com eles, nem sequer olhava para eles. Todo mundo desejava meu retorno, sobretudo o gato. Eu disse sim no mesmo instante. Quis lavar as minhas dúvidas como uma jarra diante de um carregador de água. Tinha pressa em me juntar a Maulana. Um dia em sua companhia equivalia a cem dias em outro lugar, com outras pessoas. [773.8]

Já no dia seguinte percorremos a estrada da volta. Eu a cavalo e ele, o filho de Jalal Al-Din Muhammad Balkhi, o mestre dos mestres, neto do sultão dos sábios, a pé, como um simples criado. Insisti para ele também montar a cavalo, ele se recusou. Era sua maneira de revelar sua humildade e a de todos os arrependidos.

Deixei Alepo apenas por Maulana. À exceção dele, mais ninguém podia me tirar daquela cidade tão amada. Se meu pai se levantasse do túmulo e pedisse para me ver, eu não me moveria de Alepo. Alepo, uma profissão e alguns dias no *khaneqah* teriam me consolado de tudo. [756.14]

Depois de uns dez dias, cheguei aos portões de Konya e percebi a silhueta de Maulana, um cipreste. Cavalguei em sua direção e ouvi sua voz:

*Vieram, o meu sol e a minha lua*
*Vieram, minha vista e meu ouvido.*
*Por que fugir da morte? Água de vida veio!*

Desci do cavalo. Prosternamo-nos um em direção ao outro, como ondas que quebram. Por fora éramos dois, mas por dentro éramos apenas um, nossas almas eram uma, nossas essências, uma, nossas substâncias, uma. Nossa via ultrapassava o corpo e a mente, nosso amor, o "eu" e o "nós". Abraçamo-nos. E azar se seu séquito estava nos observando.

"Vocês sabem o que me é proibido?", perguntou-lhes Maulana. Ninguém ousou responder. "Tudo o que não for amor." Depois, acrescentou: "Um enamorado jamais pode convencer quem quer que seja sobre a bondade do amado, assim como ninguém pode persuadir um enamorado da raiva do amado. Aqui se trata simplesmente de amor, e não de razão". Ele tomou a minha mão na sua: "Quando o encontras, já não esperas mais. Ele é como dinheiro vivo, que não guardas no cofre. Se ele o desejar, transforma o corpo em espírito. Se ele mover a mão, transforma cobre em ouro. Se ele quiser, a própria morte vira açúcar. Se ele tiver vontade, os espinhos e os ferrões viram narcisos e rosas silvestres".

Em seguida, bocejou longamente. Era tarde e ele não se via com forças para escavar um canal a fim de alcançar a fonte do coração deles. As pessoas que me atacaram pediram minha absolvição. Alguns se ajoelharam, outros choraram. Eu mesmo também quis acabar de uma vez com essa farsa. Agraciei-os. O tempo os julgaria.

O período seguinte foi o das festas e dos *samas*. Todos, do emir ao dervixe, celebravam nossos reencontros. Nós éramos vinho, eles eram taça. Nós o dia, eles a noite. Nós a primavera, eles o prado. Nós refrescávamos a colheita deles.

Isso não durou. Eu já esperava. As primeiras resistências vieram de um dos filhos de Maulana, Ala, que era mais preguiçoso, mais briguento e talvez menos hipócrita que o irmão mais velho, Baha. Subitamente me veio a imagem da velha ama de leite deles, Keramana, que, assim se dizia, realizava prodígios e milagres. Ela os seguia por toda parte, por mais que já fossem rapazes. Mais que ninguém, Keramana conhecia as qualidades e os defeitos dos dois irmãos.

Certo dia, chamei Baha de canto e lhe recomendei três coisas: "Nada de mentira! Nada de haxixe! Nada de garotos!". [102,4]

Eu havia visto com meus próprios olhos a atitude de Auhad com alguns efebos. Queria evitar que Baha buscasse Deus unicamente na contemplação dos rostos deles.

Algumas vezes, senti que ele se mostrava arrogante, principalmente para com os serviçais e até com a madrasta, Kera, por quem eu tinha um afeto muito particular — salvo quando ela preparava espetos, sempre secos demais. Para corrigi-lo, ordenei-lhe que se arrependesse e servisse Kera por um ano. Se ela o esbofeteasse de um lado, sugeri que ele oferecesse a outra face, sem dizer uma [334,8] palavra. E eu aqui de Jesus falando com seus discípulos, dizia a mim mesmo.

Certo dia, enquanto os operários gregos rebocavam o terraço do colégio e amassavam a taipa, Baha subiu no teto para supervisionar o trabalho. Na hora eles se puseram a trabalhar com zelo e habilidade. Quando Baha desceu, eu lhe disse que ele deveria se sentir em todos os lugares e o tempo todo como aqueles operários, à mercê de um olhar inquisidor, o meu.

Baha se assemelhava fisicamente a Maulana e acontecia de as pessoas os confundirem. Ala o invejava por esse motivo e por outros mais, como o fato de ter sido designado pelo pai deles como meu acompanhante de Alepo até Konya.

133

Dos dois irmãos, era com Baha que eu me dava melhor, embora acontecesse de eu gritar com ele quando o pegava em flagrante delito de mentiras ou consumindo de drogas. Várias vezes eu via os dervixes consumirem haxixe e se imaginarem no êxtase. Donde o êxtase? Donde o pensamento enfeitiçado?

Um dia, vi um discípulo chegar com um jogo de xadrez. Ele estava procurando por Ala. Se ele amasse Maulana, não divertiria o filho dele com tais passatempos. Ala devia estudar, devia ficar acordado e só dormir durante um terço da noite — ou até menos. Devia ler todos os dias, nem que fosse uma linha. Se ele me ouvisse, ficaria com raiva de mim e diria que eu só queria obrigá-lo a trabalhar. A verdade era sua inimiga. Só de sentir o cheiro de trabalho ele já recuava.

Exasperava-me a ideia de que certas pessoas gostassem de perder tempo. Inútil dizer que eu não gostava de jogar xadrez ou qualquer outra coisa, principalmente dados. O discípulo escondeu, toscamente, o jogo de xadrez nas dobras de sua túnica e se esquivou como um urso picado por um mosquito. Seus olhos cuspiam fúria: quem era eu para dar ordens ao filho do mestre dos mestres? As intrigas recomeçavam. Eu sabia que ele iria jogar o maleável e ingênuo Ala contra mim.

Assim como eu, Maulana sentiu que a despreocupação estava se esgotando, a adversidade enfiando-se atrás de cada porta. Temendo a minha partida, ele decidiu me casar, acorrentar-me ali mesmo. Contrair matrimônio legítimo! Que ideia! A que eu não haveria de me submeter? Eu, o dervixe errante, que via na família um fardo assustador!

Eu me recordava daquele homem que, depois de uma sessão de evocação sagrada, quis dar uma guinada em sua vida e se dirigir, no mesmo instante, a Meca. Saíra da assembleia repetindo: "Devo me separar da minha mulher! Devo me separar da minha mulher...".

Lembro-me de ter dito várias vezes: "Nem mulher, nem lar, nem fronteira!".

Acabei por consentir. Ele me designou sua filha adotiva, Kimia, e procedeu pessoalmente à leitura da surata de união. De repente eu estava casado, instalado, emigrado, inclusive dotado de um apartamento em um edifício, na parte externa da casa principal.

Alguns dias depois, fiquei sabendo que Ala, desde sempre apaixonado por Kimia, tinha justamente a intenção de desposá-la. Maulana estava a par disso? Eu não estava sabendo de nada. Eu havia enfiado algodão nas orelhas, não escutava nada. Até hoje titubeio, incapaz de decidir. Da minha parte, tudo corria da melhor maneira. Eu era um velhote, lavado e secado por uma garota muito jovem. Entretanto, aos olhos de Ala, isso não parecia uma injustiça, um acerto de contas? Não era jogar vinagre sobre a ferida? Um pai tirando do filho qualquer possibilidade de felicidade! Isso não era da minha conta. Eis por que eu nunca quis ter filhos.

Muito rápido, Kimia se tornou a pessoa mais próxima de mim, mais que Maulana e todos os outros. Eu exercia autoridade sobre ela. Proibi-a, por exemplo, de mostrar seu rosto a qualquer outro fora Maulana.

[111,20]

Entretanto, toda vez que Ala ia à casa do pai, passava pela porta de nosso apartamento e lançava um olhar para o interior. Kimia já não era a menina de antes. Ala devia saber disso e respeitar nossa intimidade. Porém, nada a fazer. Ele não me escutava. Por fim, proibi Ala de passar por nossa casa.

Ele foi reclamar imediatamente. A adversidade; ainda ali. Eles proclamavam em todos os lugares que um estrangeiro havia sido arrogante a ponto de banir o filho do mestre de sua própria casa. Tramavam de maneira cada vez mais escancarada. Eu não dizia uma palavra sequer a Maulana. As provações recomeçavam. Eu queria partir, mas daquela vez Kimia me deteve. De vez em quando, eu tinha a impressão de que Deus se apresentava a mim sob a forma dela.

Alguns dias mais tarde, Ala passou de novo em frente à nossa porta. Gritei: "Será que teu casaco ainda está na cela?". Ele respondeu em seguida: "Um comerciante virá buscá-lo". Eu não queria ser importunado, nem por Ala, nem por seu comerciante, nem pela serviçal que não parava de me trazer água. Consegui dispensar a criada em troca de algumas moedas. Mas como proceder com Ala? Acrescentei: "Quer eu esteja nu, quer eu esteja vestido, não quero ninguém em minha casa".

[198,16]

Kimia me ensinou a jogar xadrez, atividade que eu abominava antes de desposá-la. Mas qual outra coisa poderia ocupar meus dias? Ela tinha a idade de minha filha ou de minha neta, o que me consolava pouquíssimo. Não podia fazer troca nenhuma com ela. Kimia não se parecia com a filha de Salah, com quem eu conversava noite e dia. Meus aliados: o louco,[64] a torre, o cavaleiro, o rei. Nossa relação murchou, como uva-passa. Eu não suportava a rotina nem o tédio. Eu a admoestava e até cheguei a bater nela algumas vezes.

Um dia, ela foi ver o juiz e requiriu o divórcio. Não reagi. Pedi para refletir. Acharam que a minha paciência fosse amor. Errado. Como o divórcio fora pedido pela esposa, pensaram que eu queria ganhar tempo para me esquivar do dote. Tudo errado, também.

Eu buscava a aprovação de Deus. Eis por que eu me demorava. Quanto ao dote, era totalmente a favor. Tivesse ela me servido por uma única noite, teria merecido quinhentos dinares de ouro.

[336,14]

---

64 No tabuleiro de xadrez persa, o elefante (*fil*) se movimenta como o bispo, na diagonal, posicionado ao lado do rei e da rainha. O nome *fil* pode ter sofrido corruptela em língua francesa, tornando-se *fou*, ou louco. (N. T.)

Kimia partiu. A primavera chegou. Saí de casa e me estabeleci de novo na escola. Nenhuma palavra a Maulana, nem dos discípulos nem de Kimia.

Minha missão se cumpria. A cera em minha mão tomava cada vez mais forma. Só mais alguns movimentos e o poeta desabrocharia. Tudo devia levar Maulana à poesia. Eu convocava os músicos tanto quanto possível, multiplicava as sessões de *sama*, isolava-o da tribo dissonante e, se eles insistissem em vê-lo, encarregava Hosam de cobrar pelo encontro. Eu estava assinando, sem saber, a minha sentença de morte.

À exceção do ourives Salah, do secretário Hosam e de meu Baha, pouquíssimas pessoas me apoiavam.

Ah, estou me esquecendo de Kera. Sabia que minha presença a incomodava, mas ela se mostrava cordial em relação a mim. Apesar de tudo, ela me considerava um cúmplice e sabia, pertinentemente, que eu era a única pessoa capaz de repreender Baha quando este a ofendia.

Circulava o rumor de que ela até chegara a criticar Maulana por ele não cumprir o dever conjugal, o que coincidia com a minha chegada. Circulava também o rumor de que, para satisfazê-la, ele a havia honrado mais de setenta vezes. Bobagens, asneiras.

Kera era friorenta. Em pleno verão, ela vestia um casaco de pele de raposa vermelha por debaixo do véu de seda. Lembro que ela raramente se afastava dos aquecedores e nunca saía do quarto, salvo de noite, para ir aos banhos. Salah havia me contado que Kera se tornara friorenta por causa do ciúme de Maulana. Um dia, durante a ausência do esposo e sem sua autorização, ela fora até a escola Qaratai para assistir aos dervixes que faziam suas abluções com óleo quente, engolindo chamas e atravessando o fogo. Quando retornou, Maulana, furioso e irado, lançou sobre ela uma maldição curiosa: sofreria de frio para sempre. Desde então, a pobre mulher andava com um aquecedor na mão. E pensar que esse

[432,30]

homem, acometido por tais reações, me autorizava a frequentar sua mulher sem o menor obstáculo! Eu podia penetrar em seu quarto tantas vezes quantas quisesse. Sem tossir, sem anunciar minha chegada, sem que ela fosse obrigada a se cobrir.

Entre os seres aos quais eu queria bem, estava também o gato de Maulana.

Os outros não me interessavam. Aliás, o próprio Maulana se afastava correndo do dogma, do dever, da doutrina, e se lançava no abalo, no tumulto, no cataclisma. A cada instante, em qualquer lugar, eu lhe pedia um poema. Ele compunha com cada vez mais facilidade e os lia para mim. Eu me sentava, escutava, marcava o ritmo e aprovava. Nada a ver com os antigos versos de pouco tempo antes. Ele me dizia que em sua região, Balkh, não existia profissão pior que a de poeta. Se ele tivesse ficado por lá, seria atualmente professor, corretor ou pregador. Foi disso que ele escapou. Foi disso que eu, mais uma vez, o salvei.

Maulana dizia que uma extrema exigência o estimulava a compor versos. Eu queria mais. A exigência não bastava. Sua poesia devia esguichar de um furacão, de um vulcão.

Como eu poderia colocar seus pés de volta no chão e falar para ele sobre a mesquinhez de seu círculo? Como eu poderia me queixar, ao passo que ele, em seus poemas, me comparava "ao deus do deus dos deuses, ao sol das verdades, ao sultão dos espíritos, ao enviado da terra do não lugar, ao Moisés do tempo"?

"És mago?", perguntou-me certa vez.

E, sem esperar a minha resposta, recitou este poema:

*Morto estava, vivo estou aqui,*
*Era choro; riso estou aqui*
*E chegou a fortuna do amor,*
*Fortuna eterna, eis-me aqui.*

*Ele disse: "Ora, não és louco,*
*Tu não és digno cá dessa casa".*
*Eu parti para me tornar louco,*
*Qual os amarrados, eis-me aqui.*

*Ele disse: "Ora, não és ébrio,*
*Vai-te, que não és dessa espécie".*
*Parti; bêbado eis-me aqui,*
*Pleno de alegria, eis-me aqui.*

*Ele disse: "Não, não estás morto,*
*Não estás manchado de alegria".*
*Perante sua face que dá vida,*
*Morto, derrubado, eis-me aqui.*

*Ele disse: "Ora, és esperto,*
*Ébrio de dúvidas, pensamentos".*
*Então, ignorante, assustado,*
*Solto de todos, eis-me aqui.*

*Ele disse: "Tu és uma vela,*
*E por ti a assembleia reza".*
*Assembleia não sou, nem sou vela,*
*Sou fumo disperso, eis-me aqui.*

*Ele disse: "És sheik, és cabeça,*
*Adiante guias o caminho".*
*Eu não sou sheik, nem sou caminho,*
*Sigo tuas ordens, eis-me aqui.*

*Ele disse: "Tens plumas e asas,*
*Eu não te dou nem asa nem pluma".*
*Por desejar suas plumas e asas,*
*Sem asas ou plumas, eis-me aqui.*

*Meu coração o brilho do alento*
*Encontrou, abriu-se e rachou-se,*
*Coração teceu novo brocado,*
*Ódio pelos trapos, eis-me aqui.*

Errado. Eu não era mago. No entanto, despi-o de seus trapos e o cobri de novo brocado. Arranquei-o da pudicícia e o projetei na paixão, na dança, no descomedimento, na impaciência. Privei-o de seu tapete de preces e arrastei-o pelas melodias das brincadeiras. Despojei sua boca dos nomes divinos e nela semeei quadras, gazais. A partir de então, ele passou a dizer abertamente que eu havia cambiado seu ser, sua razão, sua moral pela poesia, pela música e pela dança.

Sobre mim, de todos os lados, eu sentia os olhares de serpentes, prontas para cuspir seu veneno. Mas eu precisava de um pouco mais de tempo. Eu via Maulana se transformando na minha frente. Ele estava cru, tornava-se cozido. Eu o queria queimado. Para isso, ele tinha necessidade de um corte, de um rasgo. Minha partida provocaria decerto aquela combustão. Eu sabia que estava correndo perigo. De hora em hora, algo era tramado contra mim.

Em uma das últimas noites, eu não disse nada a Maulana. No entanto, meu coração tremia de medo. De manhã, fui para dentro da escola onde eu residia. Os homens de Mikail, o intendente do sultão, já esperavam por mim. Acusaram-me de ter ocupado e trancado ilegalmente a cela do guarda: "O que fazes aqui? Nem sequer ensinas nesta escola. Foste expulso da cidade. Mas voltaste para cá. Por quê?". Eu me mantive em silêncio. "Por que não abres a boca? Ei! Ei! Estamos falando contigo!" Respondi que a cela pertencia a Maulana, que ela lhe servia de biblioteca, que eu podia ir até a casa dele para pegar as chaves. Eles me mostraram a grade, a ruela, o alhures. [351,19]

Aquilo foi a gota d'água. Decidi partir, mas sem dizer nada a Maulana. Aliás, de que eu podia acusá-lo? Não fora ele quem, um dia, repreendera um operário que estava cravando um prego no muro da minha cela, perguntando "Estás cravando esse prego em meu próprio coração?".

Entretanto, previni Baha: "Desta vez, partirei de tal modo que ninguém mais encontrará meu rastro!". Ele havia me acompanhado de Alepo até Konya a pé. Eu lhe devia isso.

Confiei Maulana a ele.

# APÓS

146

PARA UNS, A SOLUÇÃO É PARTIR. PARA OUTROS, É CHEGAR. EU PRECISAVA TOMAR CUIDADO E OBSERVAR SE MINHA SOLUÇÃO ERA PARTIR OU VIR, FICAR DE CERTA MANEIRA.[138,8] ERA UMA QUINTA-FEIRA. JAMAIS ESQUECEREI.

[154,18] Eu tinha o hábito de dizer que era preciso honrar o convidado no momento de sua partida. Mas naquele dia, eu estava sozinho. Peguei algumas coisas e parti.

Missão cumprida.

[309,18] Não se pode edificar sem destruir, sem incendiar. Eu havia destruído Maulana.

Não se pode construir sem destruir. Eu havia demolido Maulana. Ele ia se consumar e ressuscitar. Com o fim dos trapos, um novo homem, novos versos, um novo poeta.

Mais uma vez, eu me encontrava nas estradas. Mas eu o via por toda parte: no sol que despertava os pássaros, no córrego que nutria as árvores, na terra que sustentava meus passos, no vento que refrescava meus olhos, em cada mecha de meu cabelo.

Eu era um solitário rodeado, cercado de pessoas. Não gostava da camaradagem, nem do ensino, nem da promiscuidade. Konya era uma exceção. Suportei as más-línguas e a mesquinharia. Aceitei me casar e compartilhar o teto de uma família inteira. Reagi como esposo ciumento, como vizinho intransigente.

Eu havia me abandonado, esquecido. Como se um outro homem agisse em meu lugar enquanto eu engolia sapo. Onde estavam escondidas as minhas glândulas venenosas? Eu devia passar certo tempo com Maulana para extraí-lo de mim mesmo. Nosso encontro se revelava brutal. A carga parecia pesada e, eu sei, Maulana se desesperou. Eu era aquele que o havia capturado com [310,10] as mãos e o libertado daquele desespero.

"Sou aquele súbito a ver-te", ele me disse no primeiro dia, gemendo. Mas aquele "súbito" não bastava. Meses, anos até eram necessários. Ele devia se transformar, trocar suas várias peles. O herdeiro, o professor, o teólogo, o favorito do sultão. Existe algo mais asqueroso que um poeta que sobe no púlpito, perante centenas de admiradores, que fala, que guia e que aconselha? O verdadeiro poeta se faz compreender no silêncio e no mutismo. As pessoas vinham escutá-lo desde a Índia, a Grécia, a corte inteira rastejava a seus pés. Eu devia arrancar todas aquelas raízes. Restava tempo suficiente para mim?

Eu o ouço me responder: "O tempo é uma imagem feia, preta. O tempo é uma gaiola, é fora dessa gaiola que encontras o monte Qaf, que encontras o Simorgh,[65] que vês meu rosto".

Ouço-o noite e dia, onde quer que eu esteja. Ele está, agora, em mim, assim como eu estou nele. Abandonei-o, trazendo-o comigo. Para ele, é a mesma coisa. Ele não é mais Maulana Jalal Al-Din Muhammad Balkhi. Ele é Shams de Tabriz. Eu o inventei. Eu o investi. Eu estou dentro dos lugares que ele percorre, no frio que penetra nele, no suor que ele solta. Sou sua noite e sua aurora. Estamos separados, mas unidos. Unidos, mas separados mesmo assim.

Eis-me aqui, sozinho, penetrado pelo frio de um caravançarai e talvez no limiar da morte. Sempre vivi no "agora". Ontem e hoje jamais existiram para mim. Não me arrependo de nada. Ninguém me faz falta. Mas sei que nesse "amanhã" que não existe, não verei mais Maulana. E não é só isso. Eu envelheci. Meus passos são pesados. Temo cada vez mais o frio. Antes — posso dizer essa palavra? — eu não pensava no calor, na neve, na lama. Mas agora não posso mais partir sem perguntar aos viajantes sobre o estado das estradas, a espessura das nuvens, a condição dos cavalos. Diante de mim, apenas uma estrada. Ela é como um longo túnel em cuja extremidade há uma luz ofuscante. Ela lembra o nascimento: preto e, no fim, a claridade, o ar, a parteira,

---

[65] Na mitologia persa, Qaf é o monte onde habita o Simorgh, ave auspiciosa. Ver nota 34, p. 55. (N. T.)

a mãe, a amamentação. Esse vazio o conduziria à morte e à ressurreição? Percorro muitas vezes os cemitérios.

Uma noite, ao lado de um túmulo, vejo um sufi. Ele está sentado e chorando. Eu me escondo. Ele coloca um tijolo debaixo da cabeça e adormece. As horas passam. O sol aparece. Quando acorda, vou até ele. Ele me cumprimenta, pega o tijolo, coloca-o em cima da cabeça e me diz que finalmente encontrou a resposta às suas perguntas. Nos dias seguintes, em qualquer lugar em que eu cruze com ele — na mesquita, no *hammam*, no bazar —, ele está carregando o tijolo sobre si e declara: "Este tijolo será meu travesseiro no túmulo. Eu havia perdido algo. Durante muito tempo, estava vivendo no desespero. Só fui descobrir essa coisa perdida depois de pousar minha cabeça sobre este tijolo".

[158,22]

A morte se aproxima. Há vezes em que ela chega a ser sedutora. Lembro-me das palavras de Shahab Hariveh. Estávamos em Damasco, os xiitas celebravam o martírio do imame Hussein e se lamentavam sonoramente. Shahab me disse que, quando pensava na morte, via um homem frágil carregando uma carga muito pesada nas costas, caminhando a duras penas num charco e escalando uma montanha. Alguém chega e arranca a corda que o homem tinha em volta do pescoço. Ele o alivia, liberta-o.

[286,13]

Shahab via a morte como uma libertação. Eu vejo a vida como um jogo, uma brincadeira. Se alguém for contra, não brinque. Se for a favor, brinque rindo. Essa solidão na qual me encontro também é um jogo. Mas quantos são aqueles que conhecem as regras? Nosso encontro, minha união com Maulana, é a única verdade. O resto não passa de uma brincadeira.

[312,20]

"O mundo é a prisão do crente." As palavras do Profeta ainda me estarrecem. Jamais vi o mundo como uma prisão. Eu o vi como grandeza, felicidade, fortuna. O amor do mundo é magnético. Ele atrai a imagem do amado e essa visão oculta todo o resto. Como eu, que em

[317,20]

[317,1]

vida vi apenas o rosto de Maulana, poderia classificá-la como prisão?

E após a vida, o inferno? Por que não? Meu inferno está cheio de gnósticos. De vez em quando, ouço o inferno reclamando da chegada de um perverso: "Ah, o inferno chegando em peso!". O próprio inferno tem uma eterna esperança de que vai chegar um benfeitor, alguém que apague seu fogo e aplaque seus tormentos. Eu posso ser essa pessoa. Irei socorrê-lo.

[182,12]

As notícias de Konya chegam a mim em fragmentos. Maulana não descansa de dia nem de noite. Ele percorre o pátio do colégio e compõe poemas. Encontro um médico que até conseguiu guardar alguns versos. Eles vão até um patinho, que a mãe pata confiou a uma galinha doméstica, e encorajam o pequenino a se separar do seco, da terra e de sua ama de leite para mergulhar no oceano. O patinho, o seco e o molhado, a ruptura com as relações e os sentimentos: uma das primeiras lembranças de minha infância, que já está correndo no boca a boca.

Também fico sabendo pelo médico que Maulana agora ensina aos seus discípulos que os inimigos deles são os remédios, os elixires, os benfeitores, os verdadeiros amigos deles. Exemplos: o porco-espinho que engorda e se embeleza com golpes de bastão, os profetas que ornam seus espíritos com seus sofrimentos e derrotas, o couro que se torna suave como pluma quando o curtidor o esfrega duramente com produtos amargos. Em Konya e em outros lugares, eu me matava para elogiar o inimigo, o sheik irritadiço, o caráter mordaz. Eu era rejeitado. Queriam que eu fosse doce e sociável. Atualmente, Maulana fala como eu. Abençoo nossa separação.

Maulana não usa nada além de um turbante de cor esfumaçada e vestimentas feitas de tecido rústico, trajes de luto. Penso em meu próprio *aba*: feltro preto por fora e fogo por dentro.

O médico inclusive ouviu falar que Maulana interroga todas as pessoas que chegam de Damasco e Alepo. Ele pensa que ainda estou por lá. Até dá presentes — seu turbante, sua túnica, suas botas — a quem alega ter me visto lá. Seus companheiros o censuram por engolir as mentiras do primeiro que chega. Sorrindo, ele responde que ofereceu justamente seu turbante, sua túnica e o resto em troca da impostura. Se a notícia fosse verdadeira, ele teria entregado sua vida.

Ouço todas as fofocas, todos os rumores, tomando certa distância.

Passei minha vida a explorar meu "eu", minha essência, minha origem, minha finalidade, minha razão para viver. Agora, só estou preocupado com o meu destino. Onde vou descansar minha trouxa? Posso ir para Alepo, como da última vez, ou mesmo para Damasco. Mas meu coração tem vontade de Tabriz. Geograficamente, é mais longe de Konya que da Síria. Mas levo Konya para onde quer que eu vá. Konya me habita com seus carregadores de água, seus vendedores de especiarias, seus sapateiros, seus flautistas, seus bêbados, seus lutadores, seus homens de barba branca, seus farsantes, seus cães, suas crianças, seus cavaleiros, seus judeus, seus cristãos e meu Maulana.

A ameaça mongol é igualmente forte. Ninguém esqueceu a derrota de Köse-Dagh e a fuga do sultão disfarçado de camponês.[66] Mas sei que nada acontecerá a Konya. A cidade corre dentro das minhas veias, ocupa cada rincão do meu corpo. Konya não está mais situada

---

66 Caiscoroes II, ou Qiyas Al-Din Kay Khosrow II (1237-1246) fugiu para o sul da Anatólia após sua derrota na batalha de Köse-Dagh, em 1243, e teve de pagar um tributo oneroso aos mongóis, dos quais morreu vassalo.

a leste ou a oeste desse lugar ou de outro, não aparece em nenhum mapa. Eu a integrei. Ela está dentro de mim. Qual khan, qual sultão ousará atacá-la? Para penetrar nela, é preciso conhecer os meus mistérios. Arma nenhuma, lança nenhuma poderá ser hostil com ela. Konya é intocável.

Avanço em direção a Tabriz. Eu havia rejeitado o amor à pátria e mesmo qualquer apego a uma família, e, paradoxalmente, estou me dirigindo a esse lugar que me viu nascer. Será que alguma vez o deixei? Sou o mesmo, acrescido de Maulana e uns milhares de versos vindouros. Gostaria que ele tivesse conhecido Tabriz. De vez em quando, posso ouvi-lo dizendo que seria preciso correr até Tabriz para me encontrar. Ouço sua voz, assim como ouço a minha própria voz.

Também sinto que vou morrer e que todas essas vozes, dentro de mim, vão se extinguir. Mas a voz de Maulana permanecerá. Eu só queria isso, que ele se tornasse uma voz. Consegui. Nas estradas, os viajantes já citam seus versos, prova de que são de qualidade. Um bom poema se guarda facilmente. Sou incapaz de decorar um poema ruim. Para mim é uma punição extrema, pior que frequentar ignorantes.

Com os versos de Maulana, também circulam histórias sobre meus supostos prodígios. Sou aquele que, em pleno inverno, faz surgirem buquês de rosas, ou talvez aquele que, com um olhar, mata um insolente, ou ainda aquele que se senta no trono dos sultões sem ser visto pelo guardião. Conta-se inclusive que matei Kimia lançando uma maldição sobre ela. Minha bela Kimia, eu a amei. Ela era tão jovem. O que estará fazendo hoje? Ao se divorciar, ela possibilitou a minha partida. Ela me devolveu meus pés. Devo-lhe ao menos isso — e os xeques-mates.

Também se conta que, depois de comer melão, eu jogava a casca na cabeça das pessoas, e que isso as ajudava a ver o outro mundo. Alguns usam haxixe para ter visões, e outros, a casca de meu melão.

Os poemas que ouço são todos dirigidos a mim. Atualmente a cera na mão dele sou eu. Maulana pode me manipular a seu bel-prazer, içar-me até o trono de Deus ou me pregar no tapete dos homens. Entre seus dedos, sou uma pluma que pode escrever caligrafia, nomes divinos ou simplesmente rascunhos.

Maulana está na luz. Eu escolhi o escondido, o furtivo, o desconhecido. Pouco importam nossas diferenças. Nós as fundimos. Ele é o estável, eu sou o móvel. Ele conhece o local, a forma e a altura de seu túmulo. Eu procuro desaparecer na estrada, incógnito, sem culto, sem mausoléu, a menos que meu mausoléu esteja aninhado no coração de todos os amantes. Deixo os discípulos e os descendentes dos descendentes dos discípulos se dirigirem a Konya em peregrinação. Saboreio a ideia de uma sepultura escondida, escavada em lugar nenhum, em todo caso fora desta terra.

Avanço.

Minha estrada passa por Aksaray. Quando, jovem, deixei Tabriz, escolhi vir para cá em vez de andar nos desertos e nas florestas e me expor aos ogros, aos lobos, a sabe-se lá quais outros bichos.

Eu recomendava a todos os buscadores atravessarem Aksaray, abandonarem seus bens e seguirem sinceramente um mestre em vez de se imporem regras específicas. Senão, eles ficariam parecidos com aquele cego com que eu havia cruzado na estrada. Agarrado a alguém com visão, ele avançava atrás dele, tranquilamente. Pensando que pudesse dispensar seu guia, soltou-o, seguiu outro caminho e se perdeu no vazio. Viveu no vazio e desapareceu no vazio. Morreu, faminto e sedento ou devorado por uma fera. Azar o dele.

[115,6]

[217,7]

Ainda revejo Maulana, cercado de alguns vizires, de uma delegação estrangeira e de velhos discípulos barbados, falando para eles da necessidade de um mestre. Ele descreve uma mulher que morreu por ter copulado com seu asno. Uma noite, ela viu, através da fenda da porta, sua aia deitada debaixo do quadrúpede, sendo penetrada pelo animal. "O asno é meu, e a empregada é quem fica com o prazer!", disse a si mesma, com certa mágoa. No dia seguinte demitiu a moça e ocupou seu lugar debaixo do asno, que imediatamente a cobriu até os colhões. Ela morreu na hora, o fígado dilacerado e seus intestinos machucados pelo falo do asno. Se ela tivesse tido um mestre, ou uma mestra, se tivesse pedido um conselho à doméstica, esta a teria, senão a dissuadido, ao menos informado sobre seu próprio estratagema: enfiar uma cabaça furada em volta de todo o falo e assim amortecer a penetração periculosa.

Ao fim da parábola, Maulana ria às gargalhadas e eu também. Mas todos os outros ficavam contando nos dedos o número de palavras obscenas que ele havia usado antes de concluir: "Perdes a vida sem pensar se te aventuras, sem mestre, pelo caminho!".

Aksaray constituía a primeiríssima etapa de uma estrada incerta. Era parecida com a maturidade. Alguns alcançavam Aksaray sem se dar conta de terem chegado ali. Haviam experimentado o medo, a esperança e a dúvida, e, uma vez no local, afirmavam em alto e bom som que, enquanto não vissem a Coisa, enquanto não A vissem, não iriam embora. Acontece que a Coisa consentia em se mostrar apenas depois que eles tivessem partido, depois que tivessem despendido tudo. Agora estou de volta a Aksaray. A cidade continua cercada de fontes de água, jardins e vinhedos a perder de vista. A água corre até a porta das casas, inclusive do caravançarai onde estou alojado. Os bazares transbordam de tapetes de lã de ovelha, requisitados da China ao Egito. Eu bem teria comprado um, se ainda tivesse alguém para presentear; minha Kimia, por exemplo.

Empurro a porta de uma taberna. A sala está enfumaçada pelas braseiras e lotada de artesãos, de indivíduos suspeitos, de estudantes que fugiram da vigilância de seus mestres. Lá brinda-se, canta-se, briga-se.

Um beberrão esvazia tudo que passa por suas mãos. Bebe das xícaras, dos jarros, dos potes e dos frascos. O taberneiro tranquiliza sua clientela: não faltará bebida. Ele diz que o beberrão, depois de dez ou doze taças, ou mesmo de um barril inteiro, acabará caindo no chão, que o vinho sempre esmaga quem tenta competir com ele. Ouço o tumulto, o choque dos copos, os discursos sem pé nem cabeça, e me pergunto onde está o homem que derrubará o vinho. Aquele que, embriagando-se, despertará. Aquele que, cheio de vinho até a goela, alertará o mundo e o universo inteiro. Aquele que, imerso no vinho divino, alegre de vinho, transformado em vinho, conseguirá vencê-lo.

Observo esse rebuliço e penso naquele que tem o dom de derrubar o vinho e que jamais foi enaltecido. Sou esse homem, um estrangeiro, que veio ao mundo, deu uma olhadela em tudo ao seu redor e foi embora.

[745,21]

De Aksaray, vou para Kayseri. Não resta mais nada da cidade. Após a derrota do sultão Qiyas Al-Din, os mongóis a saquearam e massacraram todos os habitantes. Como gritos, tufos de grama hoje saem pelas paredes, pelo chão, pelos tetos. Os loucos e os ratos travam comércio no bazar. E o sol, indiferente, brilha sobre as ruínas. Isso me entristece e não me entristece. Lá entrevejo o depois, uma pradaria, crianças jogando bola de gude, sementes brotando da terra. Eu conhecia a Kayseri de antes. Quando olhava para as entradas suntuosamente decoradas da madraça, via os degolamentos, o rio de sangue. Isso se torna aquilo. Aquilo se torna isso. E nós ficamos de boca fechada. Pois, nesses xeques-mates, a derrota e a vitória formam uma coisa só.

A estrada para Tabriz é uma estrada de massacre e pilhagens dos mongóis. Passo por Sivas, cujos habitantes, graças ao juramento de fidelidade de seu *qadi*, escaparam da morte. Os edifícios, as ruas e os mercados ainda estão de pé, mas como se por eles tivesse passado uma tempestade.
Por toda parte, desolação. À minha volta, estupro, fome, sofrimento; dentro de mim, o vazio. Não sou nem bom nem feio, nem falcão nem perdiz, nem aço nem cera, nem escravo nem homem livre, nem isso nem aquilo.
Até meu nome me escapa. Eu queria que Maulana me desse um nome, que me chamasse por esse nome. Mas, atualmente, é com meu nome que ele se apresenta. Ele é Shams de Tabriz e eu sou Maulana. Quanta falta sinto de Shams!
Também sinto falta de Fatemeh, a filha do ourives Salah. Quando eu morava na casa deles, ela fazia questão de me imitar em tudo. Muitas vezes me acompanhou à casa de Maulana onde, sem véu, aprendeu estranhas gnoses da boca abençoada dele. Maulana queria casá-la com Baha.
Eles celebrarão suas bodas, mas sem mim. Haverá nascimentos, lutos, entronizações, sem mim. Sem mim, a lua brilhará, a terra crescerá, o tempo passará, a língua lerá, a vista observará, o músico beberá, o guarda vigiará.
Deixei Konya numa quinta-feira. Eles começaram a falar de mim no passado na hora seguinte à minha partida. Se bem ou se mal, não importa. Mas eu não fazia mais parte do mundo deles. A maioria dos discípulos era mais jovem que eu, estava na casa dos quarenta, como Salah, ou dos vinte, como os dois irmãos e Hosam. A vida deles não pararia por ali.

Maulana se consumirá durante minha ausência, mas me substituirá igualmente bem. Ele não sabe ficar sozinho. Não sabe dormir sozinho. Ainda que repleto por mim, terá necessidade de um companheiro. Meu coração se aperta. Mas também sei que, depois de mim, a palavra de outro lhe parecerá fria e amarga.

Diante de mim, uma longa estrada, declives, abismos e meus velhos passos. Não sou mais aquela fera que desceu correndo, alegre e desabalada, pelo flanco da montanha. Devo prestar atenção em meu caminhar, observar como meus pés avançam incertos, evitar as poças d'água, a geada, as crianças que correm, os bêbados trôpegos, as carroças, os carregadores. O mundo é uma armadilha. Minha roupa de fogo já não me esquenta. À noite, tremo de frio. Sou uma chama que tirita.

Parece que Maulana quer ir para Damasco. Está se dirigindo para o sul, e eu, para o oeste. Nossos caminhos não se entrelaçarão mais. Nunca mais. Ele sabe que não me encontrará em lugar nenhum. Se ele partiu, foi para punir aqueles que me queriam mal, para privá-los de sua presença. Vejo o espetáculo. Eles o cercam, lamentam-se, arranham-se, arrependem-se, mas em vão. O mestre deles está em outro lugar, pelas estradas, em busca do homem de Tabriz. Nada pode acalmá-lo, nem Ala, principalmente. Pobre Ala. As pessoas o atormentam e culpam por minha partida. Eu mesmo, algumas vezes, senti adversidade de sua parte.

Se eu tivesse ficado, o que teria acontecido com Maulana e comigo? Unidos até a morte? Não é do meu feitio. Eu era uma fagulha, capaz tanto de abrasar como de se apagar. Não teria suportado a duração, uma longa camaradagem, os hábitos, as manias. Eu obrava para destruir. Minha bagagem: o caos, a agitação, o nervosismo. A concórdia e a quietude não fazem parte do meu vocabulário. Não sei conjugar na primeira pessoa o verbo "apaziguar" nem o verbo "conciliar". Deixo tudo isso com meu substituto.

Ele apaziguará, conciliará. Esse terá muito trabalho pela frente. Eu era a dor súbita, ele será o bálsamo permanente. Eu era a doença brutal, ele será a cura definitiva. Eu era a ruína imediata, ele será o eterno pedreiro. O tempo tomará conta dele.

Nunca simpatizei com o tempo. Ofegante, ávido, eu lhe meto medo. Ele prefere a regularidade das estações, a alternância dos dias e das noites, a migração anual dos pássaros, o ciclo das marés. Eu ando de mãos dadas com o instante.

Não pertenço ao mundo harmonioso do pregador empoleirado no alto de seu púlpito, do recitador em sua cátedra, do ouvidor, do sheik, do discípulo, do mestre, do amante, do amado. Todos são cegos e não sabem disso. E eu sou vidente e sei. [306,21]

Parti para que Maulana compusesse sem descanso, para que sua poesia fosse transmitida de boca em boca, para que de cálamo ele se tornasse flauta. Sem o divórcio de Kimia, sem as baixezas de Ala, eu teria ficado e nada teria acontecido. Pena que eu não escreva mais para Maulana. Eu lhe teria recomendado aqueles jovenzinhos. Mas falo com ele em sonhos e ele me responde. [153,9]

Deixei Konya sem levar nada comigo, nem os presentes nem meu próprio livro. Não tenho o hábito de escrever. Hosam anotava todas as minhas palavras: já é uma compilação. O próprio Maulana a consultava. Esse livro vai dar uma sacudida nele por mim. [225,1]

Circulam rumores de que fui assassinado em Konya pelo bando de Ala. Não tenho mais nada a ver com isso. Os hagiógrafos de Maulana se encarregarão de encontrar a verdade. Terão dificuldade para estabelecê-la.

Por esses dias, tenho imaginado os últimos instantes de meu pai. Agonizando, ele suspira e diz: "Meu filho...". Dois filetes de sangue escorrem de seus olhos. Ele quer acrescentar algo, sua boca se fecha. Ele parte. Eu toco nele, está ardendo de febre. [268,10]

Maulana também me imagina morto:

*Quem diz que o vivo eterno morreu?*
*Quem diz que o sol da esperança morreu?*
*O adversário do sol subiu até o teto,*
*Fechou os olhos e disse: "O sol morreu!"*

Se eu morrer agora, na estrada, duvido que alguém me reconheça. Não há nada que me identifique, nenhuma carta, nenhum manuscrito. Não tenho ouro, nem dinheiro, nem amuletos, nem amigo. Desaparecerei como um mercador modesto.

Às vezes, entro novamente nos refeitórios de um *khaneqah*. Vejo os dervixes empanturrando-se de uma oferenda de arroz de sete cores. Não levantam a cabeça. Eu não existo. Lembro-me de Konya. Todos os discípulos olhavam para mim. Mas eu passava sem cumprimentá-los. Eu não agia por maldade. Eu os estimava. Se soubessem todo o bem que eu lhes desejava, teriam se sacrificado por mim. Eu nunca pensava mal. O demônio não tinha acesso nenhum ao meu coração. O anjo, ao contrário, ficava nele permanentemente. Eu gostava deles e de todos os outros, porque amava Maulana. Eu parecia Majnun, que, de amor pela trigueira Laila, amava as pessoas negras e até os cães pretos. Os discípulos de Maulana não ousavam vir até mim, porque eu não queria. Se eu quisesse, eles viriam. Agora nada mudou. Mas eu passo desapercebido.

Desejei a velhice e a solidão. Nada me retém. Posso deixar a caravana, me sentar sobre um rochedo e olhar para as cabras pastando. Posso também ir para uma cidade, Khoy, por exemplo, que não fica tão longe de Tabriz, e ser contratado por um costureiro como fabricante de cintos. Não perdi a mão. Ainda sei tecer cordas como ninguém. Vão me dar um canto da vendinha, um pouco de pão, uma tigela de mingau e algumas tâmaras. Não sairei mais do bazar, vou fazer de conta que sou analfabeto. Não irei a nenhuma madraça. Morrerei longe dos tumultos deste mundo.

Posso inventar a minha morte. Todas as possibilidades me são oferecidas. Posso também voltar a Tabriz, ensinar e agrupar ao meu redor centenas de alunos. Mas se for para escolher, creio que ficarei com as cabras.

Nos últimos momentos, em Konya, Maulana já superava minhas expectativas e a própria poesia. Os versos já não lhe bastavam, ele precisava de outra ferramenta. Dizia que a poesia era uma nuvem preta e que ele era a lua dissimulada por aquele véu. No lugar aonde ele ia não havia espaço para o ser e para a expressão do ser. "Antes", ele me dizia, "eu estava procurando um ouvinte. Agora, quero que você me liberte da minha própria palavra..." Meu objetivo final ia enfim se realizar: fazer dele um poeta silencioso.

Aliás, ele escolheu como apelido *Khamush*, "silencioso", mas também "apagado". Termina seus poemas com meu nome, *Shams*, "sol", ou com o dele. Os nomes de nós dois em um só verso, e relações até o infinito!

Ele escreve em persa. Eu o compreendo. Não falo hindi, mas o persa, em relação ao árabe, é muito mais belo e mais sutil.

Meus companheiros de estrada me chamam de "pai" ou mesmo "avô". Tenho vontade de gritar com eles: "Errado! Errado!". Mas me contenho. Se falar, corro o risco de me denunciar. Além do mais, dizer-lhes o quê? Que não tenho filhos nem netos, que fugi de meus pais, que nunca me casei ou que, quando me casei, durou pouquíssimo? Melhor que eles me tomem por um avô gentil, agora viúvo e de retorno à cidade depois de uma longa peregrinação. É tranquilizador viajar com um avô, até mesmo para mim. Mas não posso.

"Errado, errado!" Mais uma vez, solto gritos de angústia aos quatro ventos, xingo a mesmice, quem se satisfaz com o medíocre, às vezes me insurjo contra o vazio e o silêncio do céu. Então me torno injuriador, blasfemo aos quatro ventos, posso até matar e morrer.

Sou um homem insatisfeito e assim permanecerei. Sou um homem exigente e assim permanecerei. Um exigente insatisfeito.

Algo em mim, uma força secreta, obscura, irrefreável, obriga-me a dizer sem cessar que a terra está demasiado afastada do céu, e o céu, da terra. Existem necessariamente, no universo ou em uma alma, alguns pontos onde eles devem se encontrar. É certo, é necessário. Há uma luz e uma chama que somente poucos podem atingir. Jamais cessei de buscá-la.

Para ser aceito ao lado dessa chama, eu estava pronto para todas as queimaduras. Corria todos os riscos, encarava os poderosos, ignorava os pobres, os inocentes, os puros. Por vezes, sentia-me flutuando em algum lugar entre céu e terra, em busca desse fogo que me iluminaria sem me queimar, que talvez aplacasse a minha sede. Depois disso, eu recaía. Procurava o fogo que extinguia, um fogo raríssimo — o que fazia de mim um indivíduo imprevisível, sempre decepcionado, frequentemente desagradável e até furioso, desdenhoso, insultador, raivoso, insuportável.

Esse ponto de encontro entre o céu e a terra, essa chama, esse fogo, eu o conheci. Ele também me buscava. Os sedentos buscam água. A água também busca os sedentos. Maulana e eu havíamos nos encontrado.

Nós dois sabíamos que não bastava caminhar sobre a terra, era preciso que ela tremesse sob nossos passos. Não bastava acariciar os galhos, era preciso que eles se inflamassem pelo contato de nossas mãos. Não bastava admirar as nuvens, era preciso que nossos sopros as expulsassem. Não bastava olhar para o amigo, era preciso que ele baixasse suas pálpebras. Não bastava ter um mestre, era preciso também fugir dele.

Maulana está atrás de mim. Agora, nenhuma comida pode me satisfazer. Vou, venho, corro, grito, pois já não sei mais de que tenho fome. Busco uma comida que não conheço, que talvez não exista.

O que se come na pradaria dos anjos? O que comem os anjos? Como eles poderiam não ter mais fome?

Elevei-me acima das necessidades da terra. Maulana me dissera um dia que, sem asas, os enamorados voam ao redor do universo; que, sem mãos, manipulam a bola de polo. De mãos amputadas, trançam cestos, e o amor do pão sem pão é o alimento dos enamorados.

Mas ainda estou com fome? Quem me dará o que eu desejo agora, este que não sei nomear?

Como se chama aquele que comeu e ainda tem fome? Aquele que é apenas fome, quer coma, quer não coma?

Sobre qual toalha me sentar?

Quem me convidará?

Quem saberá aplacar essa fome que me atormenta todo o dia e que me acorda à noite?

Deem para mim o que vocês têm. Qualquer coisa. Todos os alimentos se equivalem. Mas quem vai me dar aquele alimento que não tem preço, o que os anjos buscam em todos os mundos?

É preciso mendigar ou calar-se?

Maulana e eu havíamos chegado um até o outro. Excepcionalmente. Poderá acontecer de, um dia, noutro lugar, outras duas pessoas terem acesso uma à outra como nós? Éramos muito visíveis e muito escondidos. Um dia, ele até me havia dito que era apenas um pensamento entre todos os meus pensamentos, que era apenas as palavras que eu pronunciava.

Maulana adivinhara a minha fome. Suas palavras nutriam os anjos. Se ele cessasse de falar, o anjo faminto apareceria e lhe arrancaria aquelas palavras.

Em um túmulo estava marcado: "A vida foi apenas uma hora".

[638,7]     Para mim, a vida foi apenas aquela hora passada perto de M.

TURQUISTÃO
TRANSOXIÂNIA
Bucara
Samarcanda
Bactro
Cabul
AFEGANISTÃO
Ghazni
SISTÃO
KHORASAN
Nishapur
MAZANDARÃO
GILAN
Baku
AZERBAIJÃO
Tabriz
Maragha
Khoy
Lago Urmia
Lago De Van
Erzurum
Erzinjane
Sivas
Kayseri
Aksaray
Konya
Alepo
Mossul
Pequeno Zabe
IRAQUE
SÍRIA
Damasco
PALESTINA
Bagdá
LORESTÃO
Tigre
Eufrates
Ispahan
KHUZISTAN
FARS
Karaman
KARAMAN
MAKRAN
GOLFO PÉRSICO
ARÁBIA
0 100 500 Km
MAR VERMELHO
Meca 100 km

168

# SOBRE AS ILUSTRAÇÕES

## ALI BOOZARI[*]

---

[*] Ilustrador, historiador da arte e curador iraniano. Seu trabalho explora a tradição visual de ilustrações de manuscritos persas, litografias e adaptações contemporâneas de estilos clássicos. Contribui em outros campos, como publicações acadêmicas e projetos de curadoria que estabelecem pontes entre expressões de artes históricas e contemporâneas.

Tanto na capa quanto nas aberturas das três partes deste livro, as ilustrações se baseiam na caligrafia dos nomes dos personagens principais. Esses nomes foram escritos em persa e espelhados, de modo que, ainda preservando sua identidade escrita, cada um deles se transformasse em um retrato. Essa técnica visual não apenas destaca a individualidade dos personagens como também os une simbolicamente.

Além de representar rostos individuais, essas unidades visuais formam figuras que se dão as mãos. É como se os principais personagens do romance, que juntos dão forma à personalidade de Shams, fossem seres vivos e dinâmicos participando de uma dança giratória, movendo-se em uma unidade harmônica.

O reflexo espelhado dos nomes e as composições circulares simbolizam a unidade, a coesão e a harmonia interior. Essas formas rodopiantes ao mesmo tempo evocam conceitos místicos como a continuidade e a jornada espiritual e refletem também a interconexão dos personagens dentro da estrutura mais ampla da história. Arraigado nesses princípios, o pensamento visual da edição busca traduzir em imagens os significados mais profundos do texto, entrelaçando caligrafia, ilustração e simbolismo espiritual.

# REFERÊNCIAS BIBLIOGRÁFICAS

CHITTICK, William C. *Arabic Love Poetry. The Meaning of a Glance*. Tabriz, Louisville, Fons Vitae, 2022.

IBN BATTÛTA, Voyages. *La Traversée de l'Asie. Le Japon, la Perse, le Moyen-Orient*. prefácio e tradução do árabe por Stéphane Yerasimos. Agapea e Société de Pierre La Découverte, 1997.

MAULÂNA, Jalâloddîn. *Rûmî, Mathnawî. La quête de l'Absolu*. tradução do persa, comentado por Mohinéddîne, Daryâ Vincheh, Eva-Claude Darrivière, introdução de Marijan Molé e prefácio de Omar Ali de Chomet, Paris, Du Rocher, 1990.

RÛMÎ, Djalâl od-Dîn. *Mathnawî. La quête de l'Absolu*. Tradução do persa por Eva de Vitray-Meyerovitch e Djamshid Mortazavi, Mônaco, Édition du Rocher, 2004.

TABRIZ, Shams de. *La Quête du soleil. Paroles pour les Sufis*, tradução de *Ishâd al-Rûb Kâfi*, francês, tradução do persa por Charles-Henri de Foucheroux, organizado tradução do persa, por Rossica Voris, Paris, Éditions du Cerf, 2017.

172

AFLÂKÎ. *Les Saints des derviches tourneurs (Manâqib ul-ârifîn)*. Traduzido do persa por Clément Huart, 2 vols. Paris: Michel Allard Éditions Orientales, 1978.

'ATTÂR, Farîd-ud-Dîn. *Le Cantique des oiseaux*. Traduzido do persa por Leili Anvar. Paris: Diane de Selliers, 2014.

CHITTICK, William C. *Me and Rumi: The Autobiography of Shams-i Tabrizi*. Louisville, Kentucky: Fons Vitae, 2004.

IBN BATTÛTA. *Voyages. I. De l'Afrique du Nord à La Mecque; II. De La Mecque aux steppes russes et à l'Inde; III. Inde, Extrême-Orient, Espagne & Soudan*. Paris: La Découverte, 1997.

MAULANA. *Le Livre de Chams de Tabriz. Cent poèmes*. Traduzido do persa e comentado por Mahin Tajadod, Nahal Tajadod e Jean-Claude Carrière; introdução de Mahin Tajadod. Connaissance de l'Orient. Paris: Gallimard, 1993.

RÛMÎ, Djalal-od-Dîn. *Mathnawî, La Quête de l'Absolu*. Traduzido do persa por Eva de Vitray-Meyerovitch e Djamchid Mortazavi. Mônaco: Éditions du Rocher, 2004.

TABRIZ, Shams de. *La Quête du Joyau, Paroles inouïes de Shams, maître de Jalal al-din Rûmi*. Org. e trad. do persa por Charles-Henri de Fouchécour, com a colaboração de Seyyed Rezâ Feyz. Paris: Éditions du Cerf, 2017.

Dados Internacionais de Catalogação na Publicação (CIP)
(Câmara Brasileira do Livro, SP, Brasil)

Tajadod, Nahal
    O faminto: Os dizeres de Shams de Tabriz / Nahal Tajadod;
[ilustração Ali Boozari]; tradução Régis Mikail; prefácio Jean-Claude
Carrière. — 1. ed — São Paulo: Ercolano, 2025.

    Título orignal: *L'Affamé: les dits de Shams de Tabriz*.
    ISBN 978-65-85960-29-8

1. Ficção iraniana   2. Tabriz, Shams de, 1185-1248. I. Boozari, Ali.
II. Carrière, Jean-Claude. III. Título.

25-261902                                                                                              CDD-891.5

Índices para catálogo sistemático:
1. Ficção: Literatura iraniana 891.5
Aline Graziele Benitez - Bibliotecária - CRB 1/3129

## ERCOLANO

Editora Ercolano Ltda.
www.ercolano.com.br
Instagram: @ercolanoeditora
Facebook: @Ercolanoeditora

Este livro foi editado em 2025
na cidade de São Paulo pela
Editora Ercolano, com as famílias
tipográficas Bradford LL e
Wremena, em papel Pólen Bold
70g/m² e impresso na Leograf.